# La primera investigación de Maigret

**Georges Simenon**, nacido en 1903 en Lieja (Bélgica), dio sus primeros pasos como reportero y como autor de novelas populares escritas bajo seudónimo. En 1931 publicó, por primera vez con su propio nombre, *Pietr, el Letón*, que presentaba al imperturbable comisario de policía parisino Jules Maigret, personaje que retomó en novelas y relatos a lo largo de las cuatro décadas siguientes, mientras su obra más amplia le granjeaba la reputación de ser uno de los escritores esenciales del siglo xx. Viajero intrépido, con un profundo interés en la gente, Simenon se esforzó, en la literatura y en la realidad, por comprender —y no por juzgar— la condición humana en todos sus matices. Sus libros figuran entre los más leídos del canon mundial.

# GEORGES SIMENON

## La primera investigación de Maigret

Traducción de
**Inés Navarro** y **Antonio Gómez**

DEBOLS!LLO

Papel certificado por el Forest Stewardship Council®

Penguin
Random House
Grupo Editorial

Título original: *La première enquête de Maigret*

Primera edición: junio de 2025

© 1949, Georges Simenon Limited, todos los derechos reservados

GEORGES SIMENON y  ® **Simenon.tm**®, todos los derechos reservados

MAIGRET ® Georges Simenon Limited, todos los derechos reservados

 Diseño original de Maria Picassó i Piquer, todos los derechos reservados

© 2025, Penguin Random House Grupo Editorial, S. A. U.
Travessera de Gràcia, 47-49. 08021 Barcelona
© Inés Navarro y Antonio Gómez, por la traducción
Diseño de la cubierta: Penguin Random House Grupo Editorial / Claudia Sánchez
Imagen de la cubierta: Levente Szabo

Printed in Spain – Impreso en España

ISBN: 978-84-663-8217-5
Depósito legal: B-6.331-2025

Compuesto en M. I. Maquetación, S. L.

Impreso en Black Print CPI Ibérica
Sant Andreu de la Barca (Barcelona)

P 3 8 2 1 7 5

# La primera investigación de Maigret

# 1

## La declaración del flautista

Una balaustrada negra dividía en dos la sala. En el lado reservado al público solo había un banco sin respaldo, pintado también de negro, contra la pared blanqueada con cal y cubierta de anuncios administrativos. Del otro lado, pupitres, tinteros, casilleros llenos de registros voluminosos, negros también, de modo que todo era blanco y negro. Sobre todo había, encima de una chapa, una estufa de hierro colado como las que ya solamente se ven en las estaciones de tren de los pueblecitos, con su tubo que subía hacia el techo y luego se doblaba, atravesando todo el espacio antes de perderse en la pared.

El agente de rostro lozano, que se había desabrochado el uniforme e intentaba dormir, se llamaba Lecoeur.

El reloj, orlado de negro, marcaba la una y veinticinco. De vez en cuando, la única lámpara de gas encendida chisporroteaba. También de vez en cuando, la estufa, sin motivo aparente, se ponía a roncar.

Fuera, ruidos de petardos, cada vez más espaciados, la canción de un borracho o el paso de un coche de punto en la calle en cuesta turbaban la calma de la noche.

Ante el pupitre de la izquierda, el adjunto de la comisaría del barrio de Saint-Georges movía los labios como un escolar, inclinado sobre un librito que acababa de publicarse: *Curso de filiación descriptiva (retrato hablado) para uso de los oficiales e inspectores de policía.*

En la guarda, una mano había escrito con tinta violeta, en letras de molde: «J. Maigret».

Tres veces ya desde que se hizo de noche, el joven adjunto de la comisaría se había levantado para ir a atizar la estufa, aquella estufa por la que sentiría nostalgia toda su vida. Era la misma o casi la misma que más adelante volvería a encontrar en el Quai des Orfèvres y que más tarde, cuando instalasen la calefacción central en los locales de la policía judicial, al comisario de distrito, Maigret, jefe de la brigada especial, se le permitiría conservar en su despacho.

Era el 15 de abril de 1913. La policía judicial no se llamaba así todavía, sino Dirección General de Seguridad. Un rey extranjero había desembarcado por la mañana con gran pompa en la estación de tren de Longchamps, adonde el presidente de la República había ido a recibirle. Los landós oficiales, flanqueados por guardias republicanos con uniforme de gala, habían desfilado por la avenida del Bois y en los Champs-Elysées, entre dos hileras de público y de banderas.

Hubo una función de gala en la Ópera, fuegos artificiales y desfiles. El rumor de los festejos populares empezaba ahora a remitir.

La policía estaba cansada. A pesar de las precauciones tomadas, a pesar de las detenciones preventivas y de los acuerdos a los que se había llegado con ciertos personajes con fama de peligrosos, se temía hasta el final que estallase alguna bomba de un anarquista.

Maigret y el agente Lecoeur se hallaban completamente solos a la una y media de la madrugada, en la comisaría del barrio de Saint-Georges, en la tranquila calle de La Rochefoucauld.

Ambos levantaron la cabeza al oír unos pasos precipitados en la acera. Se abrió la puerta. Un hombre joven, sin aliento, miró alrededor deslumbrado por la luz de gas.

—¿El comisario? —preguntó jadeante.

—Soy su adjunto —dijo Maigret sin levantarse de la silla.

Aún no sabía que aquella iba a ser su primera investigación.

El hombre era rubio, delgado, con ojos azules y piel sonrosada. Llevaba un abrigo color arcilla sobre un traje negro y, en una mano, un sombrero hongo, mientras con la otra se palpaba la nariz tumefacta.

—¿Le ha agredido algún delincuente?

—No. He intentado socorrer a una mujer que pedía auxilio.

—¿En la calle?

—En una mansión de la calle Chaptal. Creo que debería ir usted enseguida. Me han echado a la calle.

—¿Quién?

—Una especie de mayordomo o conserje.

—¿No cree usted que sería mejor empezar por el principio? ¿Qué hacía usted en la calle Chaptal?

—Volvía de mi trabajo. Mi nombre es Justin Minard. Soy segundo flautista de los conciertos Lamoureux, pero, por la noche, toco en la cervecería Clichy, en el bulevar Clichy. Vivo en la calle de Enghien, justo enfrente del periódico *Le Petit Parisien*. Iba caminando por la calle Ballu, luego por la de Chaptal, como cada noche.

Como adjunto concienzudo, Maigret tomaba notas.

—Hacia la mitad de la calle, que está siempre desierta, he visto un coche, un Dion-Bouton, cuyo motor estaba en marcha. En el asiento del conductor había un hombre, vestido con una pelliza de piel de cabra gris, con el rostro prácticamente oculto por gruesas gafas. Cuando he llegado a su altura, se ha abierto una ventana en el segundo piso.

—¿Ha anotado usted el número de la casa?

—El diecisiete bis. Es una mansión con una puerta cochera. Todas las ventanas estaban a oscuras, excepto la segunda, empezando por la izquierda, que se hallaba encendida y que ha sido la que han abierto. Al levantar la cabeza he visto la silueta de una mujer que intentaba asomarse y que ha gritado: «¡Socorro...!».

—¿Qué ha hecho usted?

—He esperado. Alguien que estaba en la habitación ha debido de tirar de ella hacia dentro. Luego ha sonado un disparo. Me he vuelto hacia el automóvil que acababa de dejar atrás y este ha arrancado bruscamente.

—¿Está usted seguro de que lo que ha oído no era un ruido de motor?

—Estoy seguro. Me he encaminado a la puerta y he llamado.

—¿Estaba usted solo?

—Sí.

—¿Armado?

—No.

—¿Qué pensaba usted hacer?

—Pues…

La pregunta desconcertó tanto al flautista que no supo qué contestar. Si no hubiera sido por su bigote rubio y su barba rala, Maigret le habría echado unos dieciséis años.

—¿Los vecinos no han oído nada?

—Supongo que no.

—¿Le han abierto la puerta?

—No enseguida. He llamado por lo menos tres veces. Luego me he puesto a golpear la puerta con los pies. Finalmente he oído pasos. Alguien ha retirado una cadena y abierto un cerrojo. No había luz en el porche, solo una farola de gas justo enfrente de la casa.

La una y cuarenta y siete minutos. El flautista, de vez en cuando, echaba una mirada ansiosa al reloj.

—Un tipo alto, con traje negro de mayordomo, me ha preguntado qué quería.

—¿Estaba completamente vestido?

—Pues claro.

—¿Con su pechera y su corbata?

—Sí.

—Y, sin embargo, ¿no había luz en la casa?

—Salvo en la habitación del segundo piso.

—¿Qué le ha dicho usted?

—No lo recuerdo. Yo solo quería entrar.

—¿Para qué?

—Para ver qué ocurría. Pero el hombre me cerraba el paso. Le he hablado de la mujer que había pedido socorro por la ventana.

—¿Parecía incómodo?

—Me ha mirado con dureza, sin decir nada, cerrándome el paso con todo el cuerpo.

—¿Y después?

—Me ha dicho en un tono desagradable que lo había soñado, que estaba borracho, no recuerdo exactamente sus palabras, y luego se ha oído una voz en la oscuridad, como si hablasen desde el descansillo de la primera planta.

—¿Qué decía?

—«¡Dese prisa, Louis!».

—¿Y entonces?

—Me ha empujado más fuerte y, como yo me resistía, me ha dado un puñetazo en pleno rostro. Me he encontrado tumbado sobre la acera ante la puerta cerrada.

—¿Todavía había luz en la primera planta?

—No.

—¿El coche ha vuelto?

—No. Quizá convendría que fuésemos ahora.

—¿Fuésemos? ¿Tiene usted intención de acompañarme?

El contraste entre la fragilidad casi femenina del flautista y su aire perfectamente decidido resultaba al mismo tiempo cómico y enternecedor.

—¿Acaso no ha sido a mí a quien han golpeado? Además, presentaré una denuncia.

—En efecto, está usted en su derecho.

—Pero será mejor que nos ocupemos más tarde de la denuncia. ¿No le parece?

—¿Me ha dicho usted el número de la casa?

—El diecisiete bis.

Maigret frunció el ceño, porque esa dirección le recordaba algo. Sacó un anuario de su casillero, lo hojeó y leyó un nombre que hizo que frunciera aún más el ceño.

Aquella noche vestía chaqué; de hecho, era su primer chaqué. Unos días antes, habían recibido una nota de servicio, en la que se recomendaba a todos los empleados de la policía que, con ocasión de la visita real, vistieran de gala, porque tal vez, en un momento dado, necesitasen mezclarse con las personalidades oficiales.

El abrigo de Maigret, también de color arcilla, que había comprado ya confeccionado, era el mismo que el de Justin Minard.

—¡Vamos entonces! Lecoeur, si preguntan por mí, diga que enseguida volveré.

Estaba algo aturdido. El nombre que había leído en el anuario lo había impresionado.

Tenía veintiséis años y hacía cinco meses que se había casado. Desde que había ingresado en la policía, cuatro años antes, había ido ascendiendo desde lo más bajo: había patrullado la calle, las estaciones de tren, los grandes almacenes, y hacía menos de un año que era adjunto en la comisaría del barrio de Saint-Georges.

Ahora bien: de todo el barrio, el nombre más prestigioso era, sin duda, el de los inquilinos del diecisiete bis de la calle Chaptal.

Gendreau-Balthazar. Los cafés Balthazar. Ese nombre se extendía en grandes letras pardas en todos los pasillos del metro. Y en las calles, los camiones de la empresa Balthazar, tirados por cuatro caballos de arneses soberbios, formaban, en cierto modo, parte de la fisonomía parisiense.

Maigret bebía café Balthazar. Y cuando pasaba por la avenida de la Ópera, siempre, al llegar a cierta altura, al lado de un armero, aspiraba el delicioso olor a café que estaban tostando en el escaparate de los almacenes Balthazar.

La noche era clara y fría. No había un alma en la calle empinada, ningún coche de punto en las proximidades. Maigret, en aquella época, estaba casi tan delgado como el flautista, de modo que, al subir la calle, parecían dos adolescentes larguiruchos.

—Supongo que no habrá bebido, ¿verdad?

—No bebo nunca. Me lo ha prohibido el médico.

—¿Está seguro de que ha visto abrirse una ventana?

—Completamente seguro.

Era la primera vez que Maigret volaba con sus propias alas. Hasta ese momento, se había limitado a acompañar a su jefe, el señor Le Bret, el más mundano de los comisarios de París, en algunas redadas de la policía, entre otras, para atestados de adulterio.

La calle Chaptal estaba tan desierta como la de La Roche-foucauld. En la mansión de los Gendreau-Balthazar, uno de los más bellos edificios del barrio, no había ninguna luz.

—¿Me ha dicho usted que había un coche aparcado aquí delante?

—Mire. Aquí, exactamente.

No delante de la puerta, sino un poco más arriba. Maigret, que tenía la cabeza llena de las teorías recién aprendidas sobre las declaraciones de los testigos, frotó una cerilla y se inclinó sobre el pavimento de madera.

—¡Mire! —exclamó con voz triunfante el flautista, señalando un amplio charco de aceite negruzco.

—Escuche, no creo que entre dentro de la legalidad que usted me acompañe.

—Pero ¡ha sido a mí a quien han golpeado!

Resultaba algo temeroso, a pesar de todo. Al levantar la mano hacia el timbre, Maigret sintió una opresión en el pecho; se preguntó basándose en qué reglamento se presentaba allí. No llevaba ninguna orden judicial. Además, era medianoche. ¿Podía hablarse de delito flagrante cuando, como prueba sólida, solo tenía la nariz tumefacta del flautista?

Al igual que este, tuvo que llamar tres veces, pero no fue necesario dar patadas a la puerta. Finalmente, una voz preguntó desde el interior:

—¿Quién es?

—Policía —dijo Maigret en un tono vacilante.

—Un momento, por favor, voy a buscar la llave.

Se oyó un chasquido en el porche. La mansión se iluminó. Luego, tuvieron que esperar un buen rato.

—Es él —afirmó el flautista, que sin duda había reconocido la voz.

Por fin, retiraron la cadena y descorrieron el cerrojo y apareció un rostro medio adormilado, cuya mirada, después de fijarse en Maigret, se volvió hacia Justin Minard.

—¡Lo ha cogido! —exclamó el hombre—. Supongo que ha seguido con su bromita en otra parte.

—¿Nos permite entrar?

—Si cree usted que es realmente necesario… Le ruego no haga ruido para no despertar a toda la casa. Sígame.

A la izquierda, encima de tres escalones de mármol, había una puerta acristalada de doble hoja, que daba a un vestíbulo con columnas. Era la primera vez en su vida que Maigret entraba en una casa tan suntuosa que, por sus proporciones, recordaba la fastuosidad de un ministerio.

—¿Se llama usted Louis?

—¿Cómo lo sabe?

Louis, en todo caso, empujó una puerta que daba, no a los salones, sino a una especie de despacho. No llevaba uniforme. Parecía recién salido de la cama, con un pantalón puesto a toda prisa y un camisón blanco de cuello bordado en rojo.

—¿Está aquí el señor Gendreau-Balthazar?

—¿Cuál de ellos? ¿El padre o el hijo?

—El padre.

—El señor Félicien no ha vuelto todavía. En cuanto al señor Richard, el hijo, debe de estar durmiendo desde hace tiempo. Hace un poco más de media hora, este borracho...

Louis era alto y ancho de espaldas. Debía de tener unos cuarenta y cinco años; su barbilla afeitada era de un color azulado; sus ojos eran muy oscuros, y sus cejas negras, de un espesor sorprendente.

Después de tragar saliva, y sabiendo el riesgo que corría, Maigret dijo:

—Desearía hablar con el señor Richard.

—¿Quiere usted que lo despierte?

—Eso es.

—¿Podría usted enseñarme su carnet de policía?

Maigret se lo entregó.

—¿Hace tiempo que trabaja usted en este barrio?

—Diez meses.

—¿Pertenece usted a la comisaría de Saint-Georges?

—Exactamente.

—¿Conoce usted, pues, al señor Le Bret?

—Es mi jefe.

Entonces Louis, con una aparente indiferencia en la que se percibía una amenaza, dijo:

—Lo conozco bien. Tengo el honor de servirlo cuando viene a almorzar o a cenar a esta casa.

Dejó pasar algunos segundos, mientras miraba a otra parte.

—¿Aún desea usted que despierte al señor Richard?

—Sí.

—¿Trae usted una orden judicial?

—No.

—Muy bien. Espere entonces.

Antes de alejarse, cogió de un armario una pechera almidonada, un cuello y una corbata negra. Luego, se puso su traje, que estaba colgado.

En el estancia solo había una silla. Ni Maigret ni Justin Minard se sentaron. Los rodeaba el silencio. Toda la casa se hallaba inmersa en la penumbra. Resultaba muy solemne; impresionaba.

Maigret sacó en dos ocasiones el reloj del bolsillo del chaleco. Transcurrieron veinte minutos antes de que Louis apareciese de nuevo, siempre muy envarado.

—Si desea usted seguirme…

Minard quiso ir tras Maigret, pero el mayordomo se volvió hacia él.

—Usted no. A menos que pertenezca también a la policía.

Maigret se sintió ridículo. Le pareció una actitud cobarde por su parte dejar al pálido flautista allí solo. La estancia, con revestimiento de madera oscura, le recordó por un instante a un calabozo y se imaginó al mayordomo de barbilla azulada volviendo allí para ensañarse con su víctima.

Siguiendo a Louis, atravesó el vestíbulo de columnas y empezó a subir la escalera, cubierta de una alfombra de color rojo oscuro.

Solo algunas lámparas de filamentos amarillentos estaban encendidas, dejando amplias franjas en sombra. Una puerta, que daba al descansillo de la primera planta, se hallaba abierta. Un hombre con bata apareció en el umbral, bajo la luz.

—Me dicen que desea usted hablar conmigo. Entre, por favor. Déjenos, Louis.

La estancia era al mismo tiempo salón y despacho, con paredes cubiertas de cuero y un olor a habano y a un perfume que Maigret no conocía. Una puerta entreabierta daba a una habitación, donde una cama con dosel estaba deshecha.

Richard Gendreau-Balthazar llevaba un pijama bajo la bata y calzaba unas babuchas de piel de Rusia.

Debía de rondar los treinta años. Era moreno y su rostro habría sido de lo más vulgar si no hubiera tenido la nariz torcida.

—Louis me ha dicho que pertenece usted a la comisaría del barrio.

Abrió una caja finamente labrada que contenía cigarrillos y la empujó hacia Maigret, quien la rechazó.

—¿No fuma usted?

—Solo en pipa.

—No le invito a fumar aquí porque me horroriza el olor a tabaco de pipa. Supongo que, antes de venir, ha llamado usted a mi amigo Le Bret, ¿no?

—No.

—¡Ah! Discúlpeme si no estoy muy al tanto de los protocolos de la policía. Le Bret visita a menudo esta casa, pero no en calidad de comisario. De hecho, se aleja tanto de la imagen de un comisario… Es un hombre encantador, al igual que su mujer. Vayamos pues al asunto que lo ha traído aquí. ¿Qué hora es, por cierto?

Fingió buscar su reloj, pero fue Maigret quien sacó del bolsillo un gran reloj de plata.

—Las dos y veinticinco.

—Y, en esta estación del año, el sol sale hacia las cinco, ¿verdad? Lo sé porque suelo montar a caballo en el bosque muy temprano. Pensaba que los domicilios privados eran inviolables desde el atardecer hasta la salida del sol.

—Es exacto, pero…

Interrumpió a Maigret:

—Creo recordar que es así. Es usted joven, y, sin duda, lleva poco tiempo en el oficio. Es usted afortunado por haberse encontrado con un amigo de su jefe. En fin, supongo que tiene usted buenas razones para entrar, como lo ha hecho, en esta casa. Algo me ha explicado Louis. ¿Tal vez el individuo al que ha echado es un tipo peligroso? Incluso en ese caso, amigo mío, podría haber usted esperado a esta mañana, ¿no cree usted? Siéntese, por favor.

Él, sin embargo, permanecía de pie, yendo de un lado a otro, echando ante sí el humo de su cigarrillo egipcio de boquilla dorada.

—Ahora que le he dado una pequeña lección que sin duda usted se merecía, dígame qué desea saber.

—¿Quién ocupa la habitación de arriba?

—¿Cómo?

—Le ruego que me disculpe. Ya sé que no está usted obligado a contestarme, al menor por ahora.

—Obligado a… —repitió Richard, enormemente sorprendido.

Y Maigret, con las orejas coloradas:

—Esta noche, se ha oído un disparo en esa habitación.

—Cómo… Cómo… ¿Está usted en sus cabales…?

»Aunque esta noche se esté celebrando una fiesta popular, presumo que no se habrá excedido usted bebiendo, ¿verdad?

Se oyeron pasos en la escalera. La puerta permanecía abierta y Maigret vio una silueta perfilarse en el descansillo, una silueta que parecía salir de una portada de *La Vie Parisienne*. El hombre llevaba chaqué, capa y chistera. Era viejo y delgado, y su fino bigote, de puntas levantadas, estaba visiblemente teñido.

Permanecía de pie, en el umbral, vacilante, extrañado y quizás algo temeroso.

—Entre, padre. Creo que esto le hará gracia. El señor aquí presente es un empleado de Le Bret…

Era curioso. Félicien Gendreau-Balthazar, padre, no debía de estar borracho y, sin embargo, había en él algo vago, inconsistente, vacilante.

—¿Ha visto usted a Louis? —continuó el hijo.

—Está abajo con alguien.

—Precisamente. Un borracho. Esta noche un borracho (a menos que se trate de un loco escapado de Villejuif) casi ha echado abajo la puerta cochera. Louis ha bajado y le ha costado impedir que entrase. Ahora el señor…

Esperó, con expresión interrogante.

—Maigret.

—El señor Maigret, que es el adjunto de nuestro amigo

Le Bret, ha venido aquí para preguntarme… Por cierto, ¿qué quiere usted saber exactamente?

—Quién ocupa la habitación cuya ventana es la segunda por la izquierda, encima de nosotros.

Le pareció que el padre estaba inquieto, pero se trataba de una inquietud extraña. Por ejemplo, desde que había llegado, era el padre quien miraba al hijo con una especie de temor, de sumisión. No se atrevía a decir nada. Se habría dicho que esperaba el permiso de Richard.

—Mi hermana —contestó este por fin—. Ya está usted informado.

—¿Se encuentra ella aquí en este momento?

Maigret no miraba al hijo, sino al padre. Pero fue el hijo quien, una vez más, contestó:

—No. Está en Anseval.

—¿Cómo?

—Nuestro castillo, el castillo de Anseval, cerca de Pouilly-sur-Loire, en el Nièvre.

—¿De modo que la habitación está vacía?

—Es de suponer. —Y añadió, irónico—: Imagino que desea usted asegurarse de ello. Le acompañaré entonces. Así, mañana, podré felicitar a nuestro amigo Le Bret por el celo de sus subordinados. Haga el favor de seguirme.

Para gran extrañeza de Maigret, el padre los acompañó, con cierta timidez.

—Esta es la habitación a la que usted se refiere. Es una suerte que no esté cerrada con llave.

Le dio al interruptor de la luz. Los muebles de la habitación eran de madera laqueada blanca; las paredes estaban recubiertas de seda azul. Una puerta lateral daba a un tocador, donde todo parecía estar en orden, cada objeto en su sitio.

—Puede usted comprobar lo que quiera. Mi hermana estará encantada de saber que la policía ha metido las narices en sus cosas.

Sin mostrar desconcierto alguno, Maigret se dirigió hasta la ventana. Las gruesas cortinas eran de seda de un azul más oscuro que las paredes. Las apartó y descubrió unos visillos de tul destinados a tamizar la luz del día. Entonces se fijó en que un extremo del visillo se había enganchado a la ventana.

—Supongo —dijo— que nadie ha entrado aquí esta noche.

—A menos que una de las criadas…

—¿Hay varias en la casa?

—Evidentemente —replicó Richard en tono sarcástico—. Son dos: Germaine y Marie. Está también la mujer de Louis, que es nuestra cocinera, e incluso hay una lavandera, pero, como está casada, viene por la mañana y se marcha por la noche.

Félicien Gendreau, el padre, seguía mirando a ambos.

—¿De qué se trata? —preguntó, por fin, después de haber tosido débilmente.

—No lo sé con certeza. Pregúnteselo al señor Maigret.

—Alguien que pasaba por delante de la casa, poco antes de la una y media de la noche, ha oído cómo se abría bruscamente esta ventana. Al mirar hacia arriba ha visto a una mujer aterrorizada que pedía socorro.

Maigret observó que la mano del padre se crispaba sobre el puño de oro de su bastón.

—¿Y después? —preguntó Richard.

—Alguien ha arrastrado a la mujer hacia dentro y luego ha sonado un disparo.

—¿De verdad?

El joven Gendreau miraba alrededor con ansiedad y fingía buscar la huella de una bala en la seda que tapizaba las paredes.

—Lo que me sorprende, señor Maigret, (se llama Maigret, ¿verdad?), es que ante una acusación tan grave no haya usted avisado a sus jefes. Ha acudido aquí con cierta ligereza, me parece. ¿Se ha informado usted siquiera sobre ese transeúnte de imaginación tan fértil?

—Está abajo.

—Me reconforta saber que está en mi casa. En suma, no solamente se ha introducido usted aquí en plena noche, despreciando las leyes que protegen a los ciudadanos, sino que, además, ha traído con usted a un individuo que considero, cuando menos, dudoso. Sin embargo, puesto que ya está usted aquí, y con el fin de que pueda redactar mañana un informe completo para nuestro amigo Le Bret, le ruego que lleve a cabo las comprobaciones habituales. Supongo que desea asegurarse de que nadie ha dormido en esta cama esta noche, ¿verdad?

Arrancó la colcha de raso, que dejó al descubierto unas sábanas sin una sola arruga y una almohada inmaculada.

—Busque, se lo ruego. Husmee en todos los rincones. Supongo que ha venido usted provisto de una lupa.

—No es necesario.

—Discúlpeme, pero, aparte de Le Bret, no tengo el placer de saber cómo trabaja la policía, salvo a través de las novelas. ¿Han disparado, dice usted? ¿Quizás haya un cadáver en alguna parte? Sígame. ¡Busquémoslo juntos! ¿En ese armario? ¿Quién sabe?

Lo abrió, pero solo vieron vestidos colgados en perchas.

—¿Aquí? Son los zapatos de Lise. Le apasionan los zapatos, ya lo ve usted. Pasemos a su tocador…

Richard se veía tenso, y se mostraba cada vez más sarcástico.

—¿Esta puerta? Está condenada desde la muerte de mi madre. Pero puede usted entrar por el pasillo. Venga. Sí, hombre, se lo ruego…

Fue una media hora de auténtica pesadilla. A Maigret no le quedaba otra que obedecer. Porque lo que Richard le pedía eran literalmente órdenes. Lo que aportaba una nota fantasmagórica a sus andanzas a través de la mansión era la presencia, en sus salones, del viejo Gendreau-Balthazar, que seguía con la chistera en la cabeza, su capa sobre los hombros y el bastón de puño de oro en la mano.

—¡No, hombre! No bajemos todavía. Se olvida usted de que encima de nosotros hay un piso abuhardillado donde duermen los criados.

Las bombillas del pasillo no tenían pantalla. El techo era inclinado. Richard llamó a todas las puertas.

—Abra, Germaine. Sí, mujer. Poco importa que esté en camisón. Está aquí la policía.

Una muchacha bastante gruesa, con ojos adormecidos y olor acre, una cama húmeda, un peine con cabello enredado sobre un lavabo.

—¿Ha oído usted un disparo?

—¿Un qué?

—¿A qué hora ha subido usted a acostarse?

—A las diez.

—¿No ha oído nada?

Era Richard quien hacía las preguntas.

—¡Vayamos a ver la siguiente…! Abra, Marie… No se preocupe, pequeña, no pasa nada grave…

Se trataba de una muchacha de unos dieciséis años, que se había puesto un abrigo verde sobre el camisón y que temblaba como una hoja.

—¿Ha oído usted un disparo?

Miraba a Richard y a Maigret con una especie de terror.

—¿Hace mucho que estaba durmiendo?

—No lo sé.

—¿Ha oído algo?

—No. ¿Por qué? ¿Qué ocurre?

—¿Alguna pregunta que desee hacerle, señor Maigret?

—Quisiera preguntarle de dónde es.

—¿De dónde es usted, Marie?

—De Anseval.

—¿Y Germaine?

—De Anseval también.

—¿Y Louis?

—De Anseval, señor Maigret —respondió Richard con ironía—. Veo que ignora usted que las personas que poseen un castillo tienen costumbre de llevarse consigo a sus criados.

—¿La puerta siguiente?

—La habitación de la señora Louis.

—¿Su marido duerme ahí también?

—Duerme abajo, en la portería.

La señora Louis tardó más en abrirles. Era pequeña, de piel muy morena, muy gruesa y con ojos desconfiados.

—¿Han terminado ustedes de armar jaleo? ¿Dónde está Louis?

—Abajo. Dígame, ¿ha oído usted un disparo?

Casi los echó de allí, mascullando frases rabiosas. Y siguieron abriendo puertas de habitaciones vacías, cuartos trasteros, buhardillas. Maigret no se libró ni del desván y hubo de bajar después a la primera planta y registrar las habitaciones del padre y del hijo.

—Aún quedan los salones. Sí, sí, tengo mucho interés en ello —dijo Richard, y se puso a encender la gran araña, cuyos cristales tintineaban—. ¿Ningún cadáver? ¿Ningún herido? ¿Lo ha visto usted todo? ¿No quiere usted bajar al sótano? Fíjese que son ahora las tres y cuarto de la madrugada.

Abrió la puerta de la habitación de Louis y vieron a Justin Minard sentado en una silla, con Louis de pie en un rincón vigilándolo, como si se tratase de un prisionero.

—¿Es el joven que ha dicho haber oído el disparo? Encantado de conocerlo. Supongo que ahora, señor Maigret, tengo derecho a presentar una denuncia por calumnias y allanamiento de morada.

—Está usted en su derecho, en efecto.

—Muy buenas noches. Louis, acompañe usted a la salida a estos señores.

El anciano Gendreau abrió la boca, pero no dijo nada. En cuanto a Maigret, consiguió articular:

—Muchas gracias.

Louis los acompañó y cerró la pesada puerta tras ellos.

Se quedaron solos, desconcertados y algo inquietos en la acera izquierda de la calle Chaptal. Maigret se volvió por inercia hacia la mancha de aceite sobre el pavimento de madera, como si quisiera aferrarse a algo tangible.

—Le juro que no he bebido.

—Le creo.

—Y que tampoco estoy loco.

—Desde luego que no.

—¿Cree que esto le perjudicará? He oído vagamente…

Aquella noche, Maigret estrenaba su primer chaqué, que le apretaba un poco debajo de los brazos.

# 2

## Richard ha mentido

A las nueve menos diez, una señora Maigret sonriente, que olía a fresco y a jabón perfumado, abría las cortinas de la habitación, dando paso a un sol alegre. Hacía poco que se había casado y aún no se había acostumbrado al aspecto de un hombre dormido, con las puntas de los bigotes rojizos que se estremecían, la frente que se arrugaba cuando se posaba una mosca en ella y el espeso cabello despeinado. Se echaba a reír. Siempre sonreía cuando se acercaba a Maigret por la mañana con una taza de café en la mano y él la miraba con ojos adormilados y algo infantiles.

Era una gruesa muchacha lozana, como solo se ven en las pastelerías o detrás del mostrador de las lecherías, una gruesa muchacha llena de vitalidad a la que Maigret podía, sin embargo, dejar durante días enteros en su pisito del bulevar Richard-Lenoir sin que ella se aburriese un solo instante.

—¿En qué piensas, Jules?

En aquella época, todavía no lo llamaba Maigret, pero sentía ya hacia él esa especie de respeto que le era propio, el mismo que ella debió de sentir hacia su padre, el mismo que sentiría por su hijo, si algún día lo tenía.

—Pienso…

Y le recitó un texto que se le había venido a la memoria en el momento en que abría los ojos, después de solo dos horas de sueño. Eran frases del reglamento interior de la policía: «Es norma obligatoria que los agentes de policías dediquen todo el tiempo necesario al cuerpo de policía. Toda investigación o vigilancia iniciada no puede verse interrumpida, por lo que no dispondrán de un tiempo libre específico».

Había dejado la comisaría a las seis de la mañana, cuando el secretario adjunto, Albert Luce, entró de servicio. Fuera, el aire era tan fresco y limpio, las calles de París tenían un encanto tan agradable que había decidido caminar un rato, y a punto estuvo de dar un rodeo por el mercado de Les Halles para aspirar el olor de las verduras y las frutas de primavera.

Esos días, en París, varios centenares, varios miles de personas no dormían muchas más horas que él. La visita del rey extranjero duraría poco más de tres días, pero la policía se mantenía en un estado de alerta constante; vigilaban sobre todo, desde hacía varias semanas, los hoteles y los pisos alquilados, estaciones de tren, extranjeros y vías públicas.

Los distintos departamentos se prestaban entre sí hombres; las comisarías, también. El recorrido del rey extranjero, controlado minuciosamente con anticipación, no llegaba al barrio Saint-Georges, y los hombres disponibles habían sido enviados a la comisaría del barrio de la Ópera.

No eran solo los anarquistas los que impedían que la policía pudiese dormir tranquila. También había perturbados, a los que ese tipo de acontecimientos solemnes enardecía; rateros y prostitutas que sacaban un gran provecho de los provincianos atraídos por los desfiles.

—¿Es café Balthazar? —preguntó Maigret.

—¿Por qué me lo preguntas? ¿No está bueno?

—¿Por qué has elegido este café y no otro? ¿Es mejor?

—En todo caso, no es peor y, además, tiene pegatinas.

Maigret se había olvidado del álbum en el que ella pegaba con cuidado esas pegatinas que venían en los paquetes de café y que representaban todo tipo de flores.

—Con tres colecciones completas, te regalan un dormitorio de nogal.

Maigret se lavó en el gran barreño de cinc; en esa época, aún no tenían cuarto de baño en el piso. Comió sopa, como siempre había hecho, por las mañanas, cuando vivía en el campo.

—Supongo que no sabes cuándo volverás.

Y él repitió sonriendo:

—«… por lo que no dispondrán de un tiempo libre específico».

Ella se lo sabía de memoria. Él ya se había puesto el sombrero. Le gustaba acompañarlo a la oficina, al igual que habría llevado a un niño al colegio, pero no llegaba hasta el final del camino porque Maigret se habría sentido molesto si se hubieran encontrado con algún compañero del trabajo.

A las diez en punto, el cabriolé del comisario se detendría en la calle de La Rochefoucauld, con el caballo piafando, y el cochero tomaría las riendas en lugar de su amo. Maxime Le Bret era probablemente el único comisario de policía de París que poseía un carruaje particular. Vivía en Monceau, en uno de los nuevos edificios del bulevar de Courcelles.

Cuando llegaba a esas horas a la comisaría, ya había pasado previamente por el círculo Hoche, para practicar esgrima, nadar en la piscina y darse un masaje.

El informe se encontraba sobre la mesa de Maigret, quien se sentía angustiado al pensar en el texto, porque era su primer informe importante y había trabajado minuciosamente en él hasta el amanecer, esforzándose en no olvidar todas las hipótesis relacionadas con lo sucedido, aún frescas en su memoria.

El flautista, Justin Minard, lo había acompañado hasta la calle Chaptal. Ambos se habían detenido ante la puerta.

—¿Está usted casado?

—Sí.

—¿Su mujer no se preocupará?

—Eso no tiene importancia.

Justin entró. Maigret tomó nota de sus declaraciones y el músico las firmó. A pesar de todo, este no se decidía a marcharse.

—¿No teme que su mujer le monte una escena?

Pero él repitió en un tono obstinado, aunque dulce:

—Eso no tiene importancia.

¿Por qué Maigret pensaba en ello ahora? Había tenido que echarlo prácticamente al amanecer. Y, aun así, el flautista le había preguntado en un tono tímido y seguro a la vez:

—¿Le importa si vengo a verlo otra vez?

Había presentado una denuncia contra la persona que respondía al nombre de Louis. Y estaba empeñado en que esa denuncia se llevase a cabo. El informe respecto al flautista se hallaba sobre la mesa del comisario, encima de otros informes diarios de menor importancia.

Era poco frecuente ser testigo de la llegada de Maxime

Le Bret, porque normalmente este pasaba por el pasillo y entraba directamente en su despacho, pero se oía cómo entraba, y aquella vez a Maigret le dio un vuelco el corazón.

Sentadas en los bancos de la salita de espera, aguardaban el tipo de personas habituales, sobre todo gente pobre, o de aspecto harapiento. Las llamaba una a una, redactaba certificados de domicilio o de indigencia, tomaba nota de objetos perdidos o encontrados, enviaba a la cárcel a los mendigos de los bulevares o a los vendedores ambulantes.

Justo debajo del reloj de caja negra, había un timbre eléctrico; cuando este timbre se oyese…

Maigret había calculado que el comisario tardaría aproximadamente doce minutos en leer su informe y la declaración de Justin Minard. Transcurrieron veinte minutos y no lo había llamado todavía, pero un ligero chasquido le indicó que su jefe pedía que le pasaran una llamada.

Una puerta acolchada separaba el despacho de Le Bret de la sala de la comisaría. Apenas se percibía un vago murmullo de voz.

¿Le Bret estaría hablando con Richard Gendreau, a casa de quien iba a menudo?

No sonó ningún timbre, pero la puerta se entreabrió.

—¡Maigret!

¿Buena señal? ¿Mala señal?

—Entre, muchacho.

Antes de sentarse a su escritorio, el comisario cruzó varias veces la habitación fumando un cigarrillo. Por fin, puso la mano sobre la carpeta, pareció buscar las palabras y suspiró:

—He leído la cosa esta.

—Sí, señor comisario.

—Ha hecho usted lo que creía que debía hacer. Su informe es muy claro, muy detallado.

—Gracias, señor comisario.

—En él incluso habla usted de mí.

Con un gesto interrumpió a Maigret, que iba a decir algo.

—No le estoy haciendo ningún reproche, todo lo contrario.

—He querido transcribir fielmente todas las palabras que se dijeron.

—En resumen, dispuso usted del tiempo necesario para visitar la casa entera.

—Me llevaron de habitación en habitación.

—Entonces, pudo comprobar que no había nada anormal.

—En la habitación que señaló Justin Minard, la cortina de tul estaba enganchada a la ventana, como si la hubieran cerrado de forma precipitada.

—Eso pudo ocurrir en cualquier momento, ¿no cree? Nada demuestra que la cortina no estuviese así desde varios días antes.

—El padre, el señor Félicien Gendreau-Balthazar, parecía muy impresionado de encontrarme en su casa.

—Ha escrito usted «asustado».

—Esa es mi opinión.

—Conozco personalmente a Gendreau, a quien veo varias veces a la semana en el club.

—Lo sé, señor comisario.

El comisario era un hombre apuesto, elegante y distinguido, que asistía a todas las reuniones de la alta sociedad, pues se había casado con una de las ricas herederas de París, por lo que, sin duda, a pesar de su estilo de vida, se obligaba a trabajar de forma regular. Tenía los párpados algo caídos, profundas patas de gallo y, aquella noche, como la mayoría de las noches, no había dormido mucho más que Maigret.

—Llame a Besson.

Este era un inspector, el único que se había quedado en la comisaría durante la visita real.

—Tengo un trabajito para usted, amigo Besson.

Escribió en una hoja el nombre y la dirección de Justin Minard, el flautista.

—Quiero que investigue discretamente a este hombre. Cuanto antes mejor.

Besson miró la dirección y se alegró al ver que era en París, y dijo:

—Ahora mismo voy mismo, jefe.

Y, cuando el comisario se quedó a solas con Maigret, esbozó una ligera sonrisa y murmuró:

—Ya está. Creo que es lo único que podemos hacer por el momento.


Sentado a su escritorio negro, Maigret pasó las horas más desagradables de su vida examinando papeles grasientos, escuchando las quejas de las porteras o las explicaciones de vendedores ambulantes.

Se le ocurrían las decisiones más extremas, como la de presentar inmediatamente su dimisión.

¡De modo que lo único que podía hacerse, según el comisario, era investigar al flautista! ¿Y por qué no detenerlo directamente y torturarlo?

Maigret habría podido llamar al jefe superior de policía o ir a verle, porque conocía personalmente a Xavier Guichard, el jefe de la Dirección General de Seguridad. Este había pasado a menudo las vacaciones cerca de la casa familiar de Maigret, en el Allier, y había sido amigo de su padre.

No ejercía de protector con él, pero sí seguía discretamente su carrera de lejos, o, mejor dicho, desde arriba, y era él, sin duda, quien, desde hacía cuatro años, ordenaba que se cambiase a Maigret de departamento, con el fin de que este adquiriese la experiencia necesaria en todos los ámbitos de la policía.

«Minard no está loco, y tampoco estaba borracho. Vio cómo abrían una ventana, y luego oyó un disparo. Yo mismo he visto las manchas de aceite en la calle».

Lo diría con rabia. Exigiría…

Eso le dio una idea: salió de la sala, bajó tres escalones y entró en la oficina de guardia, donde algunos agentes con uniforme jugaban a las cartas.

—Dígame, sargento, ¿todos los hombres que estaban de servicio ayer por la noche han presentado ya sus informes?

—No, todos no.

—Quisiera que les preguntase usted algo. Me gustaría saber si alguno vio, entre medianoche y las dos de la madrugada, un Dion-Bouton por el barrio. El conductor llevaba una pelliza de piel gris y gruesas gafas. No sé si había alguien más en el interior del coche.

¡Tanto peor para el comisario! «Toda investigación o vigilancia iniciada…».

Se sabía de memoria la parte teórica. En todo caso, esa investigación era suya, se tratase o no de la empresa Balthazar.

Hacia el mediodía le entró sueño, pero aún no era su turno para ir a almorzar. Los párpados le picaban. Incluso, en alguna ocasión, repitió dos veces la misma pregunta a alguien.

Besson volvió, con un tufillo de absenta en los bigotes, y eso le hizo pensar en el frescor del interior de un bar o en la luz tamizada de una terraza de los bulevares.

—¿Sigue aquí el jefe?

Este ya se había marchado y Besson se sentó para redactar su informe.

—¡Pobre tipo! —dijo, soltando un suspiro.

—¿Quién?

—El músico.

Y Besson, que era la viva imagen de la salud, con la piel tersa y reluciente, prosiguió:

—Primero, está tuberculoso, lo que nunca es agradable. Hace dos años que intentan que se vaya a vivir a la montaña, pero se niega en redondo.

Pasaron caballos por la plaza de Saint-Georges. Había habido un desfile militar en los Inválidos y ahora las distintas tropas estaban regresando a sus cuarteles. La ciudad seguía en plena efervescencia, con banderas, uniformes, bandas de música que desfilaban, personajes cargados de condecoraciones que se apresuraban camino del Élysée, donde servirían un gran almuerzo oficial.

—Su mujer y él viven en un apartamento de dos habitaciones que da al patio, en el quinto piso, y, además, no hay ascensor.

—¿Ha subido usted a su casa?

—He charlado con el carbonero, que vive en el edificio, y con la portera, que es natural de mi región. Todos los meses recibe quejas de los inquilinos a causa de la flauta, que toca todo el día, con la ventana abierta de par en par. La portera lo aprecia mucho. El carbonero también, a pesar de que el músico le debe dos o tres meses de carbón. En cuanto a su mujer…

—¿La ha visto usted?

—Pasó mientras yo estaba en la portería. Una morena robusta, de carnes prietas y ojos que echan chispas. Una especie de Carmen. Siempre sale a la calle vestida con la bata de casa y zapatillas viejas, y se pasa el día en las tiendas de ropa del barrio. Y le gusta que le echen las cartas. Se pasa la vida echándole la bronca al marido. La portera dice que incluso le pega. ¡Pobre tipo…!

Besson escribía algunas frases con cierta dificultad, porque la redacción de informes no era su punto más fuerte.

—He cogido el metro y he ido a ver a su jefe, en la cervecería Clichy. No tiene ninguna queja de él. El tipo no bebe. Siempre llega al trabajo cinco minutos antes. Es amable con todo el mundo y la cajera lo adora.

—¿Dónde estaba esta mañana?

—No lo sé. En su casa, no. La portera me lo habría dicho.

Maigret salió del despacho para ir a almorzar. Comió dos huevos duros y se tomó una cerveza en un pequeño bar de la plaza Saint-Georges. Cuando regresó, el sargento le había dejado una nota sobre su mesa: «El agente de policía Jullian vio un coche Dion-Bouton a la una y treinta de la madrugada. Estaba aparcado en la calle Mansart, a la altura del número 28. No había más ocupante que el conductor, que se corresponde con la descripción dada. El coche permaneció unos diez minutos en la calle Mansart y luego se dirigió hacia la calle Blanche».

Debajo del reloj sonó un timbre y Maigret se levantó precipitadamente y abrió la puerta acolchada. El comisario ya estaba de vuelta. Maigret pudo ver las hojas de su informe extendidas sobre la mesa, con anotaciones en lápiz rojo.

—Entre, muchacho, siéntese.

Era un gesto bastante extraño, porque el comisario solía dejar a sus colaboradores de pie.

—Supongo que habrá pasado usted la mañana maldiciéndome, ¿no?

Él también vestía chaqué, pero el suyo lo había confeccionado el mejor sastre de la plaza Vendôme, y sus chalecos eran siempre de los colores más delicados.

—He leído atentamente su informe. Muy buen informe, por cierto. Por otra parte, creo habérselo dicho ya, he hablado con Besson respecto a su amigo el flautista.

Maigret se mostró audaz.

—¿No le han llamado los Gendreau-Balthazar?

—En efecto, pero no en el tono que usted supone. Richard Gendreau ha sido muy agradable. ¡A pesar de que se haya burlado un poco de usted y de su celo! Esperaba usted, sin duda, recriminaciones por su parte, ¿verdad? Pues ha ocurrido todo lo contrario. No le sorprenderá que haya visto en usted a un joven y entusiasta policía. Por eso mismo, le abrió todas las puertas de su casa, no sin cierta malicia.

Maigret frunció el ceño, y su jefe lo miró con una sonrisa irónica, esa sonrisa que era propia de aquellos, pertenecientes a su mundo, que se sienten «hastiados», de todos los «vividores», según la palabra en boga.

—Dígame ahora, querido amigo, qué habría hecho usted en mi lugar esta mañana. —Y, como Maigret no contestaba, prosiguió—: ¿Pedir una orden de registro? Ante todo, ¿por qué razón? ¿Acaso se ha presentado alguna denuncia? No contra los Gendreau, en todo caso. ¿Se ha producido un delito flagrante? De ningún modo. ¿Hay algún herido, algún cadáver? No, que nosotros sepamos. Ayer por la noche visitó usted toda la casa, hasta sus últimos rincones, y vio a todos sus ocupantes, algunos de ellos apenas vestidos.

»Entiéndame bien. Sé perfectamente qué debe de pensar usted desde esta mañana. Soy amigo de los Gendreau. Frecuento su casa. Pertenezco al mismo círculo que ellos. Admita usted que alguna maldición me habrá echado.

—Están la declaración y la denuncia de Minard.

—El flautista. Ahora hablaremos de eso. Hacia la una y media de la madrugada, intentó entrar a la fuerza o prácticamente a la fuerza en una casa particular con el pretexto de que había oído a alguien pedir socorro.

—Vio…

—No olvide usted que es el único que vio algo, puesto que ningún vecino observó ni oyó nada anormal. Póngase en el lugar del mayordomo, al que despertaron una serie de patadas en la puerta cochera.

—¡Discúlpeme! Pero el llamado Louis estaba completamente vestido, incluso con corbata, a la una y media de la madrugada, y, en el momento en que llamó Minard, no había ninguna luz encendida en la casa.

—De acuerdo. Fíjese que sigue siendo su flautista quien declara que el mayordomo estaba completamente vestido. Admitámoslo. ¿Acaso es un delito? Con su actitud, Minard consiguió que lo echaran de manera brusca. Pero ¿cómo reaccionaría usted si un energúmeno, en plena noche, hiciese irrupción en su casa pretendiendo que ha asesinado a su mujer?

Tendió su pitillera de oro a Maigret, que tuvo que recordarle por centésima vez quizá que no fumaba cigarrillos. Era casi un tic en Le Bret, un gesto de aristocrática condescendencia.

—Analicemos ahora la cuestión desde el punto de vista estrictamente administrativo. Ha redactado usted un atestado y este debe seguir su curso habitual, es decir, se enviará al jefe de la policía, que decidirá si debe pasarse al juzgado. La denuncia del flautista seguirá también su trámite legal.

Maigret lo miraba fijamente, con ojos malévolos y pensando de nuevo en dimitir. Sabía qué ocurriría a continuación.

—La familia Gendreau-Balthazar es una de las más conocidas… en París. Cualquier periodicucho estaría encantado de tener la oportunidad de ir contra ellos, si se cometiera la menor indiscreción.

Maigret repuso secamente:

—Lo he entendido.

—Y me odia usted por ello, ¿verdad? Cree que los estoy protegiendo porque son poderosos y porque también son amigos míos.

Maigret hizo un ademán para coger los papeles de la mesa y romperlos, como se le estaba pidiendo. Luego regresaría a la sala común y, con una letra lo más clara posible, redactaría su carta de dimisión.

—Ahora, mi querido Maigret, tengo una noticia que comunicarle.

Era gracioso: la ironía se volvía afectuosa.

—Esta mañana, mientras leía su informe y luego mientras hablaba con usted, algo me preocupaba. Como un recuerdo vago. No sé si eso le ocurre a usted también. Cuanto más quiere uno recordarlo, más borroso se vuelve. Sin embargo, sabía que se trataba de algo importante y que incluso podía influir decisivamente en este asunto. Finalmente lo recordé cuando fui a almorzar a casa, porque teníamos invitados. Al mirar a mi mujer, recuperé uno de los eslabones perdidos. Lo que me preocupaba esta mañana era una frase que me dijo ella. Pero ¿cuál? De repente, en mitad de la comida, la recordé. Ayer, antes de dejar el bulevar de Courcelles, pregunté, como hago muchas veces: «¿Qué vas a hacer esta tarde?». Y mi mujer me contestó: «Tomaré el té en el Faubourg Saint-Honoré, con Lise y Bernadette».

»Bernadette es la condesa de Estirau y Lise, es Lise Gendreau-Balthazar.

Le Bret se calló y miró a Maigret con ojos chispeantes.

—Ahí lo tiene usted, amigo mío. Solo me quedaba averiguar si Lise Gendreau había tomado realmente el té ayer, a las cinco, con mi mujer en los salones de Pihan. Y así fue, mi mujer me lo ha confirmado. No habló en ningún momento de ir a Anseval. De regreso aquí, volví a leer su informe minuciosamente.

El rostro de Maigret se iluminó y ya se disponía a hablar en tono triunfante.

—¡Un momento! No vaya tan deprisa. La noche anterior encontró usted vacía la habitación de Lise Gendreau. Su hermano le dijo que ella se encontraba en el Nièvre.

—Luego…

—Eso no demuestra nada. Richard Gendreau no estaba bajo juramento. No tenía usted ninguna orden judicial, ninguna autoridad para interrogarlo.

—Pero ahora…

—Ahora tampoco. Por ello le aconsejo…

Maigret no entendía nada. Lo estaban sometiendo a la ducha escocesa y ya no sabía cómo reaccionar. Tenía calor, y se sentía humillado de que lo tratasen como a un niño.

—¿Ha hecho usted planes para estas vacaciones?

Estuvo a punto de contestar con una incongruencia.

—Sé que los funcionarios acostumbran a pedir con mucha anticipación los puentes y las vacaciones. Sin embargo, si lo desea, puede usted tomar sus vacaciones desde ahora, desde hoy mismo. Creo, incluso, que le convendría. Sobre todo, si no tiene intención de alejarse de París. Un policía de vacaciones ya no puede actuar como tal, y, además, también puede hacer ciertas gestiones, que la administración no respaldaría en caso de estar activo.

De nuevo, una esperanza. Pero Maigret seguía sintiendo cierto recelo. Preveía un nuevo giro en la situación.

—Espero, naturalmente, no recibir ninguna queja respecto a usted. Si tuviera algo que comunicarme, o necesitase alguna información, podría llamarme al bulevar de Courcelles. Encontrará mi número en la guía.

Maigret abrió la boca una vez más, esta vez para darle las gracias, pero el comisario ya lo estaba empujando sin miramientos hacia la puerta. Pareció recordar de pronto un detalle sin importancia y dijo:

—Por cierto, hace ya seis o siete años que Félicien Gendreau, el padre, tiene que someterse a un consejo de familia, como si se tratase de alguien incapacitado. Es Richard quien, desde la muerte de su madre, dirige los negocios. ¿Cómo está su esposa? ¿Se acostumbra a la vida de París y a su nuevo piso?

Después de que una mano seca estrechara la suya, Maigret se encontró del otro lado de la puerta. Estaba todavía aturdido y se dirigía maquinalmente hacia su escritorio negro, cuando se fijó en una de las personas sentadas en el banco, del otro lado de lo que él llamaba el mostrador.

Era Justin, el flautista, vestido de negro, pero esta vez sin su traje de etiqueta y sin su abrigo color arcilla; Justin Minard, que esperaba pacientemente sentado entre un vagabundo y una mujer gruesa que amamantaba a un bebé.

El músico le hizo un guiño, como para preguntarle si podía acercarse hasta la balaustrada. Maigret, por su parte, le hizo un gesto cómplice, guardó sus papeles y puso al corriente de los asuntos en curso a uno de sus compañeros.

—¡Un permiso! —anunció.

—¿Un permiso en abril y con un rey extranjero en la ciudad?

—Sí, un permiso.

Y el otro, que sabía que Maigret estaba recién casado, preguntó:

—¿Un bebé?

—No.

—¿Estás enfermo?

—No.

Aquello se volvía cada vez más inquietante y su compañero ladeó la cabeza.

—En fin, es asunto tuyo. En todo caso, buenas vacaciones. Los hay con suerte.

Maigret cogió su sombrero y se puso los puños postizos, que siempre se quitaba al llegar a la oficina, y franqueó la puerta que separaba a los agentes del público. Justin Minard se levantó con naturalidad y ajustó su paso al del policía sin decir palabra.

¿Su mujer le habría dado una tunda, como insinuó Besson? Estaba allí, con el pelo rubio, de aspecto frágil, las mejillas sonrosadas, los ojos azules, y acompasaba sus pasos a los de Maigret, como un perro perdido sigue los pasos de un transeúnte.

Fuera, lucía un sol espléndido. Se veían banderas en todas las ventanas. Daba la sensación de que el aire estaba vibrante de tambores y clarines. La gente caminaba alegremente y, a fuerza de ver desfiles, la mayoría de la gente tenía unos andares marciales.

Cuando Minard se situó por fin a la izquierda de Maigret, en la acera, le preguntó en un tono solícito:

—¿Lo han despedido?

Era evidente que creía que podía despedirse a un funcionario tan fácilmente como se despide a un flautista de una orquesta, y se sentía apenado pensando que, al fin y al cabo, era por su culpa.

—No me han despedido. Estoy de vacaciones.

—¡Ah!

Ese «¡Ah!» resultaba turbio. Traslucía cierta inquietud y sonaba a reproche.

—Prefieren que no esté usted allí en este momento, ¿verdad? Supongo que echarán tierra sobre el asunto, ¿no? ¿Y mi denuncia?

Su tono se había endurecido.

—¿Al menos no pasarán por alto mi denuncia? Ya le anuncio que no lo consentiré.

—La denuncia sigue su curso.

—¡Tanto mejor! Sobre todo porque tengo noticias para usted. En todo caso, una noticia…

Habían llegado a la plaza Saint-Georges, tranquila, de aire provinciano, con su pequeño bar que olía a vino blanco. Maigret empujó la puerta. Esa tarde, el aire de vacaciones se respiraba a bocanadas. El cinc del mostrador estaba recién pulido; el vino de Vouvray, en los vasos, tenía unos reflejos verdosos que estimulaban la sed.

—Vio usted a dos criadas en la casa, ¿verdad? ¿Eso me dijo?

—A Germaine y Marie —respondió Maigret—, sin contar con la señora Louis, la cocinera.

—Pues bien, solo había una.

Los ojos del músico, que tenía más que nunca el aspecto de un perro afectuoso que lleva a su amo un trozo de madera, despedían una alegría infantil.

—He hablado con la lechera que sirve a los Gendreau, en la calle de Fontaine, justo al lado del estanco que está en la esquina.

Maigret lo miraba, sorprendido, y no podía evitar pensar en las tundas de aquella especie de Carmen.

—La mayor de las criadas, Germaine, se encuentra desde el sábado en el Oise, donde su hermana está a punto de dar a luz. Tengo todos mis días libres, ¿entiende?

—Pero ¿y su mujer?

—Eso no tiene importancia—repitió con cierto aire indiferente—. Me he dicho que, si usted seguía con la investigación, podría quizás ayudarlo un poco yendo aquí y allá. La gente, en general, es simpática conmigo, aunque no sé por qué.

Y Maigret pensó: «Excepto Carmen».

—Ahora invito yo. ¡Sí! No crea que porque yo solo beba refresco de fresa no puedo invitarlo. No son realmente unas vacaciones, ¿verdad?

¿Estaba traicionado el secreto profesional si asentía moviendo las pestañas?

—De lo contrario, me habría usted decepcionado. No conozco a esa gente. Personalmente, no tengo nada contra ellos. Lo que no impide que su mayordomo tenga cara de asesino y que hayan mentido.

Una chiquilla vestida de rojo vendía mimosas recién llegadas de Niza; Maigret compró un ramo para su mujer, que no conocía la Costa Azul más que por una tarjeta postal en color que representaba la bahía de los Anges.

—Tan solo dígame qué debo hacer. Y, sobre todo, no sufra: no le causaré problemas. ¡Estoy tan acostumbrado a callarme!

Suplicaba con la mirada. De buena gana el músico le habría ofrecido otro Vouvray a Maigret para que aceptase su ayuda, pero no se atrevía.

—En ese tipo de casas, siempre hay mucha inmundicia oculta; solo unos cuantos saben de su existencia. Los criados en general hablan demasiado, y los proveedores se enteran de muchas cosas.

Por inercia, sin darse cuenta de que, en cierto modo, sellaba así su alianza con el flautista, Maigret murmuró:

—La señorita Gendreau no está en Anseval, como afirmó su hermano.

—Entonces ¿dónde está?

—Dado que la doncella, Germaine, no estaba en la casa, es probable que la muchacha que vi en camisón y en esa habitación fuese Lise Gendreau.

Aquello molestaba a Maigret. Había pasado su juventud bajo la sombra de un castillo, del que su padre era administrador. Había adquirido, a su pesar, un respeto hacia los grandes señores, hacia los ricos. Y lo más curioso era que el flautista compartía ese malestar, pues permaneció un buen rato sin hablar, mirando fijamente su refresco de fresa.

—¿Usted cree? —preguntó por fin, turbado.

—En todo caso, había una mujer en camisón en la habitación de la criada. Una muchacha gorda que olía a sudor.

Y eso le molestaba, como si la señorita de la alta burguesía, cuyo nombre se extendía en letras mayúsculas en los pasillos del metro, no hubiera podido oler de la misma manera que las muchachas del campo.

Los dos hombres, sentados ante sus vasos, envueltos en el aroma de las mimosas, el vino blanco y las fresas, bañados por un rayo de sol que se proyectaba sobre la mesa, se sumergieron en una ligera ensoñación. Maigret se sobresaltó cuando la voz de su compañero lo llevó de nuevo a la realidad cuando, con la mayor naturalidad del mundo, le preguntó:

—¿Qué hacemos entonces?

# 3

## Las rondas del tío Paumelle

«Se recomienda que los inspectores dispongan en sus casas de un traje negro, un esmoquin y un chaqué, sin los cuales no podrán acceder a ciertas reuniones de la alta sociedad».

Formaba parte de las instrucciones, que Maigret recordaba tan claramente como un niño recuerda su catecismo antes de la primera comunión. Pero esas instrucciones parecían haber sido redactadas con demasiado optimismo. O entonces había que dar a la palabra «ciertas» un sentido sumamente restrictivo.

Se había puesto su chaqué la noche anterior, con la idea de poder entrar en los medios frecuentados por los Gendreau, en el círculo Hoche, por ejemplo, o en el círculo Haussmann. Unas pocas palabras de su mujer le habían bastado para devolverle el sentido común.

—¡Qué guapo estás, Jules! —exclamó ella, mientras Maigret se miraba en el espejo del armario.

La señora Maigret nunca se había permitido ser irónica. Y además era sincera. Pero algo indefinible en su tono y en su sonrisa le advertía que no pretendiese parecerse a un joven que frecuenta los clubes de la alta sociedad.

Por la plaza de la Bastilla pasaba un desfile de antorchas. Los dos se habían acodado en la ventana y, a medida que el frescor de la noche los envolvía, a Maigret le costaba más trabajo mantener intacto su optimismo.

—Compréndelo; si tengo éxito, con todo seguridad me trasladarán enseguida al Quai des Orfèvres. Una vez allí...

¿Qué más podía ambicionar? Formar parte de la Dirección General de Seguridad, quizá de la famosa brigada del jefe, como se llamaba entonces a la brigada de homicidios.

Para ello bastaba que tuviese éxito en sus investigaciones, es decir, que descubriera, sin llamar la atención, los secretos más recónditos de la mansión de la calle Chaptal.

Había tenido un sueño agitado. Se despertó a las seis de la mañana, y pensó de nuevo con cierta ironía en el manual de la policía: «Una gorra, una bufanda, una chaqueta gastada constituyen, como la experiencia ha demostrado, un disfraz muy eficaz».

Esta vez, mientras se contemplaba en el espejo, la señora Maigret no se había reído. Con un deje de ternura, le había dicho:

—El mes que viene tendrás que comprarte un traje.

Era muy sutil. Aquello significaba que su vieja chaqueta no estaba mucho más usada de lo que él llamaba su traje bueno. Dicho de otro modo: no necesitaba disfrazarse.

Y, por eso mismo, se puso el cuello y la corbata, así como su sombrero hongo.

El tiempo seguía siendo magnífico, como si lo hubiesen encargado a propósito para el rey, a quien iban a llevar hasta

Versailles. Cien o doscientos mil parisienses se hallaban ya de camino hacia la ciudad real, cuyos parques quedarían esa noche repletos de papeles grasientos y botellas vacías.

Justin Minard debía tomar el tren para Conflans, donde intentaría localizar a la famosa Germaine, la doncella de los Gendreau.

—Si consigo encontrarla —había dicho con su dulzura enternecedora—, estoy seguro de que me contará todo lo que sepa. No sé a qué se debe, pero la gente siempre siente la necesidad de contarme su vida.

Eran las siete de la mañana cuando Maigret tomó, en cierto modo, posesión de la calle Chaptal, y se alegró de no haberse puesto gorra y bufanda, porque la primera persona a la que encontró fue a un agente de la comisaría, que lo saludó por su nombre.

Existen calles en las que es fácil quedarse allí parado sin llamar la atención gracias al ajetreo de los comercios y de los cafés, pero la calle Chaptal no era una de esas calles, sino que era corta y ancha, no había comercios y apenas pasaba gente.

Todas las cortinas de la mansión de los Gendreau-Balthazar estaban echadas, como también casi todas las ventanas que daban a la calle se hallaban cerradas. Maigret se ponía tan pronto en una esquina, tan pronto en la otra, incómodo, y cuando salió una muchacha de uno de los edificios para ir a comprar la leche, en la calle Fontaine, al lado del bar-tabaquería, a Maigret le pareció que ella lo miraba desconfiada y apretaba el paso.

Fue la peor hora del día. A pesar del sol, el aire era aún fresco, y Maigret no se había puesto el abrigo porque luego sabía que haría calor. Las aceras estaban completamente desiertas. El bar-tabaquería de la esquina no abrió hasta las siete y media; Maigret se bebió allí un café tan malo que le revolvió el estómago.

Apareció otra criada con la jarra de la leche y luego otra más. Parecía que se hubiesen levantado directamente de la cama, sin lavarse aún. Luego aquí y allá se abrieron persianas y mujeres con la cabeza llena de rizadores miraban hacia la calle y lo observaban con desconfianza. Sin embargo, en casa de los Gendreau no se veía movimiento alguno; pero a las ocho y cuarto, un chófer con uniforme negro muy ceñido llegó por la calle de Notre-Dame-de-Lorette y llamó al portalón.

Afortunadamente, el Vieux Calvados acababa de abrir. Era el único sitio donde uno podía refugiarse, en la esquina de la calle Henner, un poco más adelante de la mansión de los Gendreau. Maigret apenas tuvo de traspasar el umbral.

Louis, con chaleco a rayas, abrió la puerta cochera e intercambió algunas palabras con el chófer. La puerta permaneció abierta, como debía de estarlo durante el día. Al fondo del porche se veía un patio soleado, algunas plantas, un garaje y seguramente caballerizas por el piafar de algún caballo.

—¿Quiere almorzar?

Un hombre muy gordo, muy colorado, con ojos muy pequeños miraba apaciblemente a Maigret, quien se sobresaltó.

—¿Qué le parece unos trozos de morcilla con una jarra de sidra? No hay nada mejor para matar el gusanillo.

Fue así como comenzó aquel día, un día como tantos que Maigret pasaría en el transcurso de su carrera, pero que a él, entonces, le pareció un sueño.

El sitio era de por sí bastante sorprendente. En esa calle de mansiones e inmuebles de renta, el Vieux Calvados parecía una posada de pueblo que habían dejado allí cuando París se había extendido por aquel lado. Era un local bajo, estrecho. Se bajaba un escalón y uno se encontraba con una sala bastante oscura, muy fresca, donde el mostrador de cinc emitía extraños reflejos y las botellas parecían haberse solidificado con el tiempo.

También el olor que impregnaba el ambiente era particular. Se debía, sin duda, a la trampilla que se abría en el suelo y que comunicaba con la bodega.

Una especie de efluvio ascendía de allí, ácido, de sidra y calvados, de barriles viejos, de moho, mezclado con otros olores que procedían de la cocina. En el fondo de la sala, una escalera de caracol conducía al entresuelo. Parecía un decorado; el dueño, de piernas cortas, ancho de espaldas, de frente ceñuda, ojos pequeños y brillantes, iba y venía como si interpretase un papel.

¿Acaso Maigret podría haber rechazado lo que le ofrecían? Nunca había bebido sidra en el desayuno. Era su primera vez y, para su sorpresa, se le llenó el pecho de calor.

—Estoy esperando a alguien —señaló.

—¡Me importa un comino!

A menos que el movimiento de sus anchos hombros significase «no es verdad».

Porque había algo irónico en su mirada, tan irónico incluso que, al cabo de un rato, Maigret se sintió molesto.

El dueño también almorzó, directamente sobre el mostrador, gruesas rodajas de morcilla, y tardó apenas un cuarto de hora en vaciar la jarra de sidra que había llenado del tonel de la bodega.

En el patio de casa de los Gendreau se podía ver al chófer, que se había quitado la chaqueta, lavando con una manguera un coche del que solo se divisaban las ruedas delanteras. Pero no era un Dion-Bouton, sino una limusina negra con grandes faros de cobre.

Aún se veía poca gente por la calle: algunos empleados que se dirigían al metro, criadas o amas de casa que se apresuraban hacia las tiendas de la calle Fontaine.

No entraba ningún cliente en el Vieux Calvados. De pronto apareció una mujer enorme: primero se le vieron los pies, calzados con zapatillas rojas, en la escalera de caracol, y, sin decir palabra, se metió en la cocina.

«Los agentes encargados de una vigilancia dejan de ser ellos mismos. Sus actos, en efecto, se ven determinados exclusivamente por las acciones del individuo vigilado».

A las nueve, se abrieron unas cortinas en la primera planta de la mansión. Eran las de la habitación de Richard Gendreau. El dueño del Vieux Calvados se movía lentamente por el bar, con un paño de cocina en la mano, y se habría dicho que hacía lo posible por no entablar conversación.

—Me parece que se está retrasando —dijo Maigret, que deseaba aparentar cierta serenidad.

No era un bar, sino un restaurante de clientes fijos. Las mesas estaban cubiertas de manteles a cuadritos rojos, como las cortinas. Por la puerta del fondo llegaban los olores a cocina, y estaban pelando patatas, que se oían caer una a una en un cubo.

¿Por qué el dueño y su mujer no se hablaban? Desde que esta había bajado ambos —o, más exactamente, los tres— parecían estar representando una extraña pantomima.

El dueño secaba los vasos y las botellas, limpiaba el cinc del mostrador, dudaba un momento ante varios cántaros de barro y finalmente elegía uno. Entonces, sin más, llenaba dos vasos, miraba el reloj que había en una de las paredes al lado de un calendario publicitario y decía simplemente:

—Esta es buena hora.

Sus ojillos espiaban cómo reaccionaba Maigret con aquellas copitas de calvados, chasqueaba la lengua, cogía de nuevo el paño, que se enganchaba en los tirantes cuando no lo usaba.

A las nueve y media, el chófer, en la mansión de enfrente, se puso la chaqueta y se oyó el ruido del motor que habían puesto en marcha. El coche aparcó bajo el porche; unos minutos más tarde, Richard Gendreau, con traje gris y un clavel en el ojal, se subió a él.

¿El dueño del restaurante era simplemente un imbécil malicioso o, por el contrario, sabía qué hacía allí Maigret? Miró el coche que pasaba, luego a Maigret, soltó un pequeño suspiro y reanudó su trabajo.

A las diez menos cuarto se dirigió detrás del mostrador, eligió otro cántaro, llenó dos vasos sin decir palabra y empujó uno hacia su cliente.

Más adelante, Maigret descubriría que aquello era como un ritual o simplemente una manía. Cada media hora servía una copita de calvados para ambos, lo que explicaba el rostro veteado de cuperosis del buen hombre y sus pupilas húmedas.

—Se lo agradezco, pero…

¡Qué podía hacer! No podía rechazarlo. Había tal autoridad en la mirada del hombre que prefirió tragarse el alcohol, que empezaba a aturdirlo.

A las diez preguntó:

—¿Tiene usted teléfono?

—En el entresuelo, frente a los lavabos.

Maigret subió la escalera de caracol y vio una pequeña sala, donde solo había cuatro mesas con manteles de cuadros. El techo era bajo, y las ventanas llegaban hasta el suelo.

Cafés Balthazar… Avenida de la Ópera… Almacenes… Quai de Valmy… Dirección… Calle Auber…

Telefoneó a la calle Auber.

—Desearía hablar con el señor Richard Gendreau.

—¿De parte de quién?

—Dígale que es de parte de Louis.

Casi enseguida se oyó la voz de Gendreau al otro extremo de la línea.

—¡Hola…! ¿Louis?

El tono era inquieto. Maigret colgó. Por la ventana podía ver al mayordomo, con chaleco a rayas, que estaba en la acera, fumando tranquilamente un cigarrillo. No permaneció allí mucho tiempo. Debió de oír el timbre del teléfono. Su señor, alarmado, lo llamaba.

¡Bueno! Gendreau estaba, pues, en su despacho, donde debía de pasar buena parte del día. Louis no volvió a salir, pero la puerta cochera seguía abierta.

Un rostro muy joven apareció en una de las ventanas de la segunda planta, donde acababan de descorrer las cortinas. Era Marie, la joven criada, con nariz puntiaguda, cuello de pájaro desplumado, cabello alborotado, sobre el cual se veía un bonito gorro de puntilla. Vestía de negro y llevaba un delantal de doncella, como los que Maigret solo había visto en el teatro.

No quiso permanecer demasiado tiempo en el entresuelo y despertar así las sospechas del dueño. Bajó justo a tiempo del tercer calvados, que le fue servido con la misma autoridad que los anteriores. Junto con la copa, le sirvió un platito con rodajas de morcilla diciendo:

—Soy de Pontfarcy.

Pronunció esa palabra con tanta gravedad que debía de contener un sentido que Maigret desconocía. ¿Aquello explicaba entonces la continua presencia de la morcilla? ¿O bien la gente de Pontfarcy tenía la costumbre de tomarse una copita de calvados cada media hora? El dueño añadió:

—Cerca de Vire.

—¿Me permite que llame de nuevo?

No eran aún las diez y media, y aquel sitio ya le resultaba familiar y empezaba a sentirse a gusto e incluso alegre. Era graciosa aquella ventana que iba del suelo al techo y que, desde fuera, dejaba ver a los clientes de la parte de debajo.

—¡Hola! ¿Es la residencia del señor Gendreau-Balthazar? Esta vez respondió Louis, ese siniestro personaje.

—Desearía hablar con la señorita Gendreau, por favor.

—La señorita Gendreau no está aquí. ¿Con quién hablo?

Al igual que la vez anterior colgó, y se encontró de nuevo en la planta baja, donde el dueño, más serio que nunca, anotaba el menú del día en una pizarra, reflexionando a cada palabra.

Ahora se veían muchas ventanas abiertas y alfombras que sacudían sobre la calle. Una anciana vestida de negro y con un velo de color malva paseaba un perrito que se paraba delante de cada puerta para levantar la pata, aunque no hacía nada.

—Me pregunto —murmuró Maigret con una risa forzada— si mi amigo se habrá olvidado de nuestra cita.

¿Acaso el otro se lo creería? ¿Habría adivinado que Maigret era de la policía?

A las once, en el patio de los Gendreau, un cochero enganchó un caballo bayo a un coupé. Sin embargo, el cochero no había entrado en la casa por la puerta cochera. No debía de dormir allí, por lo que Maigret supuso que la casa tenía otra salida.

A las once y cuarto, Félicien Gendreau, el padre, bajó vestido de chaqué, guantes amarillos y sombrero beis, con el bastón en la mano y los bigotes bien engomados. El cochero lo ayudó a subir al coche, que se dirigió hacia la calle Blanche. Sin duda, el anciano iba a dar un paseo por el bosque y luego almorzaría en su club.

«Se recomienda que los inspectores dispongan en sus casas de un traje negro, un esmoquin y un chaqué...».

Y Maigret, mirándose al espejo, entre las botellas, esbozó una sonrisa amarga. ¡Y guantes amarillos, sin duda! ¡Y un bastón con puño de oro! ¡Y polainas de color claro sobre zapatos de charol!

¡Pues sí que tenía suerte en su primera investigación! Habría podido entrar en cualquier ambiente: en casa de pequeños burgueses, tenderos, traperos, vagabundos. Le parecía que aquello habría sido fácil. Pero esa mansión, con su puerta cochera que le impresionaba aún más que el pórtico de una iglesia, su peristilo de mármol, incluso el patio donde limpiaban un coche para uno de los señores y luego enganchaban, para el otro, un caballo de raza…

¡Calvados! ¡No le quedaba otra! Aguantaría el calvados el tiempo que hiciera falta.

No había visto a la señora Louis. ¿No salía a hacer la compra por las mañanas? Claro que aquellos caballeros debían de almorzar fuera de casa.

Justin Minard tenía suerte: en ese momento se encontraba en el campo. Se encargaba de Germaine Baboeuf —fue la lechera quien les dijo su nombre—, quien estaba en casa de su hermana, sin duda alojada en una honrada casita con un jardín y gallinas.

«¿No teme que su mujer…?».

«—Eso no tiene importancia».

¡Y la señora Maigret, que había decidido ese día limpiar el piso a fondo!

«¿Crees que vale la pena? —le había dicho él—. ¡Estaremos en él tan poco tiempo! Seguro que encontramos un piso en un barrio más agradable».

No podía saber que, treinta años más tarde, seguirían viviendo en el mismo piso del bulevar Richard-Lenoir, que habrían ampliado comprando la vivienda contigua.

A las once y media, por fin, aparecieron clientes en el Vieux Calvados, pintores con blusones blancos que debían de ser habituales, porque uno de ellos saludó al dueño con un familiar:

—¡Hola, Paumelle!

El dueño les sirvió un aperitivo que se bebieron de pie, mientras examinaban la pizarra con el menú, antes de sentarse a una mesa cerca de la ventana.

Al mediodía todas las mesas estaban ocupadas, y la señora Paumelle salía de vez en cuando de la cocina, con platos en la mano, mientras su marido se encargaba de las bebidas, yendo y viniendo de la bodega a la planta baja y de la planta baja al entresuelo. La mayoría de los clientes eran trabajadores de una obra vecina, pero había también dos cocheros, cuyos coches aparcaron delante del restaurante.

Maigret habría telefoneado de buena gana al señor Le Bret para pedirle consejo. Había comido y bebido demasiado. Se sentía entumecido y, si hubiera estado en el Oise en lugar del flautista, se habría echado sin duda una siesta, tumbado en la hierba, debajo de un árbol y con un periódico tapándole la cara.

Empezaba a perder la confianza en sí mismo, e incluso en su profesión, que, por momentos, le parecía trivial. ¿Acaso era un trabajo serio pasarse todo el día en un bar, observando una casa en la que no ocurría nada? Los que estaban allí tenían un trabajo específico. En todo París, la gente iba y venía como hormigas, pero, al menos, sabían dónde iban.

Nadie se veía obligado, por ejemplo, a beber cada media hora una copita de calvados con un tipo cuyos ojos se volvían cada vez más turbios y su sonrisa cada vez más inquietante.

Maigret estaba seguro de que Paumelle se burlaba de él. Pero ¿qué podía hacer él? ¿Plantarse en la acera, a pleno sol, a la vista de las innumerables ventanas de la calle?

Eso le trajo a la memoria un recuerdo desagradable, un acontecimiento estúpido que hizo que estuviera a punto de abandonar la policía. Llevaba solo dos años en el cuerpo. Se encargaba de patrullar las calles, pero más especialmente de los carteristas del metro.

«Una gorra, una bufanda, una chaqueta gastada constituyen…».

En aquellos tiempos, aún creía en ello. En el fondo, seguía creyéndolo. Ocurrió frente a los almacenes de La Samaritaine. Estaba subiendo la escalera del metro. Justo enfrente de él, un tipo con sombrero hongo cortó con gesto rápido el cordón del bolso de una anciana. Maigret saltó sobre el individuo y se apoderó del bolso, que era de terciopelo negro, e intentó sujetar al hombre, que se puso a gritar: «¡Al ladrón!».

Y fue sobre Maigret sobre quien se abalanzó violentamente la muchedumbre, mientras que el señor del sombrero hongo se alejaba con discreción.

En aquel momento incluso dudaba de su amigo Justin Minard. ¿Se había abierto realmente la ventana de la segunda planta? Y, al fin y al cabo, ¿qué significaba aquello? Todo el mundo tiene derecho a abrir su ventana en plena noche. Hay gente que es somnámbula y que empieza a gritar…

El Vieux Calvados se había quedado de nuevo vacío. Desde por la mañana, el dueño y su mujer no habían intercambiado una sola palabra entre ellos, cumpliendo cada uno con sus tareas en silencio, como un ballet bien sincronizado.

Y, por fin, a las dos y veinte minutos, ocurrió algo inesperado. Un coche bajó la calle muy lentamente, un Dion-Bouton gris; y al volante iba un chófer con una pelliza de piel gris y gruesas gafas.

El coche no se paró frente a la casa de los Gendreau, pero pasó delante de ella lentamente, y Maigret pudo ver que no había nadie en el interior. También pudo precipitarse tras los cristales, tomar el número de la matrícula: B. 780.

Era impensable ponerse a correr tras el coche, que estaba doblando por la esquina de la calle Fontaine. Maigret se quedó allí, con el corazón desbocado, y menos de cinco minutos después el mismo vehículo pasó de nuevo, siempre circulando muy despacio.

Cuando volvió hacia el mostrador, Paumelle lo miraba fijamente; era imposible adivinar qué pensaba. Se limitó a llenar dos copas más y le sirvió una de ellas a su cliente.

El coche no reapareció. Era la hora en la cual el ballet de la Ópera representaba a las ninfas en los jardines de Versailles, con todos aquellos señores de etiqueta, cien mil personas que se apretujaban entre sí, chiquillos subidos sobre los hombros, globos rojos, vendedores de cocos y banderitas de papel.

La calle Chaptal se adormecía. Apenas si pasaba un coche de punto de vez en cuando, con el ruido amortiguado de las patas del caballo sobre el pavimento de madera.

A las cuatro menos diez apareció Louis. Se había puesto una chaqueta negra encima de su chaleco a rayas y llevaba un sombrero hongo negro. Permaneció un momento parado ante el portal, encendió un cigarrillo, cuyo humo expulsaba con expresión soberbia ante él, y luego se dirigió lentamente hasta la esquina de la calle Fontaine, y Maigret lo vio entrar en el bar-tabaquería.

Salió enseguida y regresó. Durante un instante, miró el rótulo del Vieux Calvados; había demasiada luz en la calle y demasiada penumbra en el interior para que pudiese reconocer al adjunto de la comisaría de Saint-Georges.

¿Estaba esperando a alguien? ¿Dudaba en tomar una decisión? Anduvo hasta la esquina de la calle Blanche; allí pareció divisar a alguien que Maigret no podía ver, y apretando el paso desapareció.

Maigret estuvo a punto de seguirle. Se lo impidió una especie de respeto hacia el otro, cuya mirada turbia sentía fija en él. Tendría que darle al dueño una explicación, preguntar cuánto debía, esperar el cambio, y, cuando alcanzase la calle Blanche, el mayordomo ya estaría lejos.

Se le ocurrió otro plan: pagar tranquilamente, aprovechar la ausencia de Louis para ir a la mansión e intentar hablar con la señorita Gendreau o simplemente con la joven Marie.

No hizo ni lo uno ni lo otro. Mientras reflexionaba, un coche de punto se puso a bajar por la calle, procedente de la calle Blanche. El cochero, con sombrero de cuero, miraba atentamente los números de las casas; se paró justo pasada la mansión de los Gendreau. No bajó del pescante. Parecía haber recibido órdenes. La bandera de su contador estaba bajada.

Transcurrieron unos dos o tres minutos. El hocico de ratón de Marie, siempre con delantal blanco y gorro de puntilla, se mostró bajo la bóveda. Desapareció, volvió con un bolso de viaje, miró hacia ambos lados de la calle y se encaminó al coche.

Maigret, a causa del cristal, no pudo oír qué le decía al cochero, quien, sin dejar su asiento, levantó el saco de viaje, que no debía de pesar mucho, y lo puso a su lado.

Marie volvió sobre sus pasos a pequeños brincos. Tenía el talle tan fino como la actriz y cantante Polaire y era tan menuda que su abundante mata de pelo le haría perder el equilibrio.

Desapareció y un momento después apareció un nuevo personaje, una mujer, una muchacha alta, gruesa, vestida con un traje sastre azul marino y sombrero azul, con un velo blanco con grandes lunares.

¿Por qué enrojeció Maigret? ¿Porque la había visto en camisón en medio del desorden de una habitación de criada?

No era una criada, desde luego. Aquella no podía ser otra que Lise Gendreau, quien, muy digna, a pesar de su precipitación, y moviendo un poco las caderas, se encaminó al coche, donde tomó asiento.

Maigret se hallaba tan emocionado que estuvo a punto de olvidarse de tomar el número del coche: 48. Lo anotó enseguida y enrojeció una vez más ante la mirada de Paumelle.

—¡Así es! —dijo este, soltando un suspiro y buscando qué nuevo cántaro elegir.

—¿Así es qué?

—Ocurre en las mejores familias, como suele decirse.

Parecía regocijarse, aunque no llegó a sonreír.

—Era lo que usted esperaba, ¿verdad?

—¿Qué quiere usted decir?

Se mostró despectivo, y le sirvió otra copa a Maigret. Con el ceño fruncido, parecía decirle: «Ya que quiere andarse con rodeos...».

Y Maigret, en un intento por enmendarse, como si quisiese volver a congraciarse con él:

—Es la señorita Gendreau, ¿verdad?

—Cafés Balthazar, sí, señor. Y pienso que tardaremos un tiempo en volver a verla por esta calle.

—¿Cree usted que se marcha de viaje?

La expresión de Paumelle se volvió más categórica. Quiso desarmar a su joven cliente con todo el peso de sus cincuenta o sesenta años, con todas las copas que había tomado con gente de todo tipo y con su conocimiento de todos los secretos del barrio.

—¿Para quién trabaja usted? —preguntó de repente, con desconfianza.

—Pues… no trabajo para nadie…

Una simple mirada dijo con más crudeza que las palabras: «¡Estás mintiendo!».

Y, encogiéndose de hombros, el hombre añadió:

—¡Tanto peor!

—¿Qué creía usted?

—Admita usted que ya ha rondado por este barrio.

—¿Yo? Le juro…

Era verdad. Sentía la necesidad de demostrar su buena fe. El otro lo observaba tranquilamente; luego pareció vacilar y por fin dijo:

—Lo había tomado por un amigo del conde.

—¿Qué conde?

—Poco importa, puesto que no es cierto. Camina usted igual que él y, en ocasiones, echa los hombros hacia atrás, también igual que él.

—¿Cree usted que la señorita Gendreau ha ido a reunirse con un conde?

Paumelle no contestó porque, en ese momento, estaba mirando a Louis, quien acababa de aparecer en la esquina de la calle Fontaine. Había dado la vuelta a la manzana, ya que se había ido por la calle Blanche. Parecía más alegre que hacía un rato. Daba realmente la sensación de estar paseando tranquilamente, sin pensar en otra cosa que en disfrutar del sol. Echó una ojeada a la calle desierta y, como un hombre que se concede un vaso de vino blanco que se ha ganado, entró en el bar-tabaquería de la esquina.

—¿Alguna vez viene aquí?

Un «no» seco y rotundo.

—Tiene una cara desagradable.

—Hay mucha gente que tiene una cara desagradable, pero es difícil cambiarla.

¿Era a Maigret a quien se refería al decir eso? Prosiguió como para sí mismo, mientras se oía un ruido de vajilla procedente de la cocina:

—También hay gente sincera y otra que no lo es.

Maigret pensó que una simple menudencia le estaba impidiendo descubrir cosas importantes, pero, desgraciadamente, esa menudencia consistía en la confianza de aquel hombre gordiflón, empapado de calvados. ¿Era quizá demasiado tarde para recuperarla? Seguramente la había perdido al decir que no era amigo del conde. Tenía la sensación de que toda esa mañana había estado repleta de malentendidos.

—Trabajo para una agencia de detectives —dijo por si acaso.

—¡Mire usted!

¿No le había dicho su jefe que no mezclara la policía oficial en el asunto?

Dijo una mentira para conocer la verdad. Habría dado cualquier cosa en aquel momento por tener veinte años más y la anchura de espaldas del dueño del local.

—Pensé que algo ocurriría.

—¡Pues ha ocurrido, ya lo ve usted!

—¿Así que cree usted que ella no volverá?

No conseguía dar en el blanco, porque Paumelle se limitó a encogerse de hombros, no sin cierta lástima. Entonces probó otro método.

—Ahora me toca a mí invitar —declaró Maigret, señalando los cántaros de barro cocido.

¿Se negaría el dueño a beber con él? Este volvió a encogerse de hombros, y refunfuñó:

—A estas horas será mejor que bebamos algo embotellado.

Bajó a buscarlo. Si Maigret se sentía un poco mareado, después de todos los calvados del día, Paumelle, en cambio, conservaba un andar firme, y la escalera sin barandilla, que se parecía más a una escalera de mano, no parecía asustarlo.

—Mire usted, joven, para mentir hay que ser un viejo zorro.

—Usted cree que yo…

El otro estaba llenando los vasos.

—¿Quién encargaría a una agencia de detectives que se ocupase de un asunto como ese? El conde no, desde luego. Menos aún esos Gendreau, tanto el padre como el hijo. En cuanto al señor Hubert…

—¿Quién es el señor Hubert?

—¡Ve usted! Ni siquiera conoce a la familia.

—¿Hay otro hijo?

—¿Cuántas casas hay en esta calle?

—No sé… ¿Cuarenta…? ¿Cincuenta…?

—¡Pues bien! Cuéntelas… Después, vaya a llamar a cada puerta. Quizás encuentre a alguien que esté dispuesto a darle alguna información. En cuanto a mí, le ruego que me perdone. No lo estoy echando. Puede quedarse aquí, si lo desea. Pero es la hora de mi siesta, y eso es sagrado.

Detrás del mostrador, había una silla con asiento de paja. Paumelle se sentó en ella, de espaldas a la calle, cruzó las manos sobre el vientre, cerró los ojos y pareció sumirse de inmediato en el sueño.

Sin duda, al no oír nada, la mujer se asomó por la puerta de la cocina, con un paño en una mano y un plato en la otra, y, tranquilizada, volvió a su vajilla, sin dirigir ni una mirada a Maigret, que fue a sentarse, bastante avergonzado, junto a la ventana.

## 4

## El anciano de la avenida del Bois de Boulogne

Maigret había convenido con Minard que este, al volver de Conflans, dejaría una nota en el bulevar Richard-Lenoir para dar noticias suyas.

—Pero no le pilla a usted de paso —había protestado Maigret.

Y había recibido como respuesta el habitual:

—Eso no tiene importancia.

Maigret le había preguntado con cierta timidez, pues le sabía mal desanimar al flautista:

—¿Con qué autoridad se presentará usted allí? ¿Qué piensa decirles?

Fue en ese momento, viéndolo en retrospectiva, tras un día agobiante, cuando regresaba a su casa por los grandes bulevares iluminados, cuando Maigret se preocupó por la respuesta del flautista:

—Ya se me ocurrirá algo. No se preocupe.

Sin embargo, tras experimentar una sensación de abatimiento por la tarde, quizás a causa del abrumador dueño del Vieux Calvados, quizás a causa de la difícil digestión de las copas que había tomado desde por la mañana, Maigret se notaba más sereno.

Incluso sentía algo que aún le resultaba desconocido y, en ese momento, no se imaginaba que ese cambio que acababa de producirse en él acabaría volviéndose tan habitual que se convertiría, más adelante, en algo legendario en el Quai des Orfèvres.

Hasta entonces, se trataba tan solo de un calor agradable en todo el cuerpo, una forma de caminar algo más firme, un modo distinto de mirar a la gente, las sombras y las luces, los coches de punto y los tranvías a su alrededor.

Un momento antes, en la calle Chaptal, estaba molesto con el comisario, que le había permitido llevar a cabo aquella investigación, e incluso llegó a pensar que se trataba de una mala pasada que Le Bret le estaba jugando a propósito.

¿Podía un hombre completamente solo atacar una fortaleza como la mansión de los Balthazar? ¿Trabajaban así los «grandes hombres» de la brigada del jefe? Tenían miles de medios a su disposición: expedientes, fichas, colaboradores en todas partes, informadores. Si necesitaban vigilar a diez personas, enviaban a diez inspectores sobre distintas pistas.

Y ahora, de pronto, Maigret se alegraba de estar solo husmeando por los rincones.

Tampoco pensaba que siempre recurriría a esa táctica. Cuando algún día lo nombrasen jefe de la brigada especial, y dispusiera así de un pequeño ejército de policías bajo sus órdenes, seguramente también tendría que realizar personalmente alguna vigilancia prolongada, seguir a un sospechoso por la calle, o esperar durante horas en un bar.

Antes de abandonar el Vieux Calvados, donde Paumelle solo le mostraba una indiferencia absoluta, hizo dos llamadas más. A la Urbaine, primero, porque el coche de punto que había tomado Louise Gendreau llevaba los colores de esa compañía. Tuvo que esperar bastante tiempo a que le respondieran.

—El cuarenta y ocho pertenece al depósito de La Villette. El cochero se llama Eugène Cornille. Ha entrado a trabajar hoy a mediodía, por lo que es poco probable que regrese a la cochera antes de medianoche.

—¿No sabe usted dónde podría encontrarlo antes de que vuelva?

—Pues suele estar en la plaza de Saint-Augustin, pero eso, naturalmente, depende de los servicios. Hay por la zona un pequeño restaurante que se llama Au Rendez-vous du Massif Central. Al parecer, siempre que puede, toma algo allí.

Hizo otra llamada al departamento de automóviles de la prefectura. Les costó bastante más tiempo encontrar en los expedientes el número del coche. Como Maigret dijo que llamaba de la comisaría, le propusieron que volviese a llamar al cabo de un rato.

—Prefiero esperar al aparato.

Por fin le dieron un nombre y una dirección: marqués de Bazancourt, número 3 de la avenida Gabriel.

Se trataba de nuevo de un barrio rico, sin duda otra mansión, con ventanas que daban a los Champs-Élysées. Resultaba impensable ir a llamar a la puerta. Mientras se dirigía hacia allí, entró en un bar-tabaquería para telefonear.

—Desearía hablar con el marqués de Bazancourt, por favor.

Al otro lado de la línea, una voz desabrida:

—¿Es un asunto personal?

Maigret dijo que sí.

—El señor marqués falleció hace tres meses.

Entonces hizo un comentario bastante ingenuo:

—¿No lo sustituye nadie?

—¿Cómo? No comprendo. Todos sus bienes han sido vendidos, salvo la mansión que aún no tiene comprador.

—¿Sabe quién compró el Dion-Bouton?

—Un mecánico de la calle de las Acacias, en la avenida de la Grande-Armée. No recuerdo su nombre, pero creo que solo hay un taller en esa calle.

A las cinco, Maigret fue en el metro a la estación L'Étoile y encontró, en efecto, un taller en la calle que le habían indicado, pero estaba cerrado, y habían escrito en un trozo de papel: «Dirigirse aquí al lado».

Estaba flanqueado por un zapatero remendón y un bar. Y era en el bar donde había que informarse. Desgraciadamente el tabernero no sabía nada.

—Dédé no ha venido hoy. Hace un poco de todo, ¿sabe usted? A veces hace de chófer para algunos clientes.

—¿Tiene usted su dirección?

—Vive en un hotel, del lado des Ternes, pero no sé exactamente en cuál.

—¿Está casado?

Maigret se quedó con algunas dudas, porque no se atrevió a hacer demasiadas preguntas, pero le daba la impresión de que Dédé era un tipo algo particular y que, si tenía una compañera, la encontraría haciendo la calle, seguramente entre L'Étoile y la plaza des Ternes.

Pasó el resto de la tarde buscando al cochero Cornille. Finalmente encontró el Rendez-vous du Massif Central.

—Es raro que no haya venido hoy a picar algo.

Maigret no tuvo suerte. Ese día, los servicios que prestó Cornille le impidieron hacer su parada habitual para tomarse un descanso.

Maigret volvió por fin a su casa; al entrar en el portal, la portera abrió la mirilla que había en la puerta acristalada.

—¡Señor Maigret, señor Maigret! Tengo algo importante para usted…

Era una nota que debía leer, según le dijeron a la portera, antes de subir a su casa.

> No vaya directamente a su casa. Primero debo hablar con usted. He esperado todo el tiempo que he podido. Venga a verme a la cervecería Clichy. La muchacha está arriba, con su esposa.
>
> Atentamente,
>
> Justin Minard

Aún no había oscurecido del todo. En la acera, Maigret levantó la cabeza, vio la cortina de su piso echada y se imaginó a las dos mujeres en el pequeño comedor que hacía las veces de salón. ¿De qué estarían hablando? Conociendo a la señora Maigret, debía de haber puesto la mesa y quizá ya había servido la cena.

Cogió el metro, se bajó en la plaza Blanche y entró en la amplia sala de la cervecería, donde reinaba el olor a cerveza y a chucrut. La pequeña orquesta de cinco músicos estaba tocando en aquel momento. Pero Justin no tocaba la flauta, sino el contrabajo; detrás del enorme instrumento, aún parecía más menudo.

Maigret se sentó a una de las mesas de mármol, dudó unos instantes y finalmente pidió chucrut y una cerveza. Una vez la orquesta terminó de tocar, Minard fue a reunirse con él.

—Discúlpeme por haberle pedido que viniese hasta aquí; pero era importante hablar con usted antes de que viera a la muchacha.

Estaba sobrexcitado, y se le veía algo inquieto, por lo que Maigret también experimentó cierta inquietud.

—No pensé en el hecho de que la hermana, al estar casada, llevaría el apellido del marido. Eso me ha hecho perder un tiempo precioso. Su marido trabaja en el ferrocarril. Es guardia de seguridad en el tren y a menudo está fuera dos o tres días. Viven en una casita en el campo, en la falda de una colina. Tienen una cabra blanca atada a un poste y un pequeño huerto detrás de la valla que rodea la casa.

—¿Germaine estaba allí?

—Cuando llegué, estaban las dos sentadas a la mesa ante una enorme fuente de morcilla, y aquello olía terriblemente a cebolla.

—¿La hermana ya ha dado a luz?

—Aún no. Están esperando. Según parece, puede tardar algunos días. Les dije que era agente de seguros, que había sabido que la señora iba a tener un niño y que era el momento ideal para firmar una póliza.

El violinista, que era también el director de la orquesta, enganchó en una varilla un cartón con un número y luego golpeó su atril con la punta de su arco. Justin, excusándose, subió al estrado. Cuando regresó junto a Maigret, se apresuró a decir:

—No se asuste. Todo irá bien.

»Sé bastante de seguros, porque es una de las obsesiones de mi mujer. Dice que solo me quedan tres años de vida y que… Pero, bueno, ¡eso no tiene importancia! Germaine es una muchacha bastante hermosa, algo gruesa y con un moño enorme que se le deshace constantemente, y unos ojos que producen un efecto extraño. ¡Ya lo verá usted mismo! No dejaba de mirarme. Me preguntó a bocajarro en qué compañía trabajaba. Le dije la primera que se me ocurrió, y entonces quiso saber cómo se llamaba mi jefe. Me hizo muchas preguntas y por fin declaró: "Un amigo mío trabajó durante tres meses en esa compañía".

»Y, luego, de forma directa: "¿Le envía Louis?".

Lo llamaron de nuevo al estrado, y durante el tiempo que duró el vals Justin miraba de vez en cuando a Maigret como si quisiera tranquilizarlo. Parecía decirle: «No sufra. ¡Espere, que ahora le contaré lo que sucedió después!». Y lo que sucedió después fue:

—Le dije que no me enviaba Louis. «¿Tampoco el conde?», me preguntó. «No». «Y el señor Richard… ¡Dígame! No trabajará usted para el señor Richard, ¿verdad?». ¿Ve usted la clase de chica que es? Tenía que tomar una decisión. Su hermana es más joven que ella. Hace un año que está casada. Trabajaba como criada en el barrio de Saint-Lazare, donde conoció a su marido. A Germaine le gusta impresionar a su hermana. Si quiere usted mi opinión, tiene una necesidad obsesiva de impresionar a la gente. Y le gusta llamar la atención, como sea, ¿comprende?

»Seguro que sueña con ser actriz. Después de comer se fumó un cigarrillo, y es evidente que no sabe fumar.

»Solo hay una habitación en la casa, con una cama enorme y la foto de boda en un marco ovalado. "¿Está usted seguro de que no trabaja para el señor Richard?".

»Tiene los ojos saltones, y a veces, cuando habla, lo mira a uno fijamente. Es molesto. Se diría que, de repente, ha perdido la cabeza, pero es tan solo una impresión porque se aferra a su idea. "¿Ves, Olga", le dijo a su hermana en un tono irritado, "qué complicada es la vida? Ya te dije que esto acabaría mal".

»Pretendía sonsacarme más… Entonces…

¡Música! El flautista dirigió a Maigret una mirada suplicante para que este tuviese paciencia y no se preocupase.

—¡Pues bien! Siento si me he equivocado, pero finalmente le confesé la verdad.

—¿Qué verdad?

—Que la señorita Gendreau había pedido socorro, que Louis me había pegado un puñetazo en la cara, que había ido usted a la casa y que le habían mostrado a una muchacha en camisón queriéndola hacer pasar por Germaine. Se ha puesto furiosa. Le he dejado bien claro que no se trataba de una investigación oficial, sino de un asunto privado, que a usted le gustaría verla, y, antes que yo terminase de hablar, ya se estaba vistiendo. Me parece estar viéndola con sus pantalones de festón y con cubrecorsé, buscando en su maleta y excusándose ante su hermana: «Entiéndelo», le dijo a esta, «un bebé siempre acaba saliendo; mientras que lo mío es una cuestión de vida o muerte».

»Yo me sentía incómodo, pero pensé que a usted le resultaría provechoso escucharla. No sabía dónde llevarla, así que la he dejado en su casa. He podido hablar en voz baja con su mujer en el descansillo. ¡Dios mío! ¡Qué mujer más dulce tiene usted! Le he recomendado que no la dejase marchar.

»¿Me guarda usted rencor?

¿Cómo podría haberle guardado rencor? Sin embargo, Maigret se sentía intranquilo; pero le dijo:

—Tal vez sea una buena solución.

—¿Cuándo volveré a verlo?

Maigret recordó que tenía que ver al cochero Cornille a medianoche.

—Quizás esta noche.

—Si no lo veo esta noche, pasaré por su casa mañana por la mañana, si no le importa ¡Ah!, otro detalle…

Se turbó y dudó unos instantes.

—Ella me ha preguntado quién pagaría sus gastos, y yo le he dicho… Bueno, no sabía qué contestar… Le he dicho que no se preocupase. Pero ya sabe usted, si le viene mal, yo…

Esta vez, Maigret se marchó mientras tocaba la orquesta. Se dirigió hacia la boca del metro. Sintió cierta emoción al ver luz por la rendija de la puerta de su casa, y no necesitó sacar su llave del bolsillo, porque la señora Maigret conocía perfectamente su forma de caminar.

Lo miró con una expresión cómplice, mientras le soltaba alegremente:

—Una encantadora muchacha te está esperando.

¡La buena de la señora Maigret! No era irónica. Solo pretendía ser amable. Aquella desagradable mujer estaba allí, con los codos sobre la mesa delante de un plato sucio, con un cigarrillo en los labios. Sus ojos saltones se fijaron en Maigret como si quisiera devorarlo. Sin embargo, aún tenía dudas.

—¿Seguro que es usted de la policía?

Él prefirió enseñarle su carnet y, desde ese momento, no dejó de mirarla. Ella tenía ante sí una copita; la señora Maigret había sacado su kirsh de los días festivos.

—Supongo que no has cenado, ¿verdad? —le preguntó su mujer.

—Sí, ya he cenado.

—En ese caso, les dejo. Tengo que fregar los platos.

Retiró la mesa, entró en la cocina y dudó si debía cerrar la puerta.

—¿Su amigo es también de la policía?

—No. No del todo. Es pura casualidad…

—¿Está casado?

—Sí. Creo que sí.

Se sentía un poco cohibido en su propia casa, con aquella extraña muchacha que, en cambio, se comportaba como si estuviese en la suya. Ella se levantó, se arregló el moño ante el espejo que había sobre la chimenea y se instaló en el sillón de la señora Maigret murmurando:

—¿Me permite?

Maigret le preguntó:

—¿Hace mucho tiempo que conoce usted a la señorita Gendreau?

—Fuimos juntas al colegio.

—Supongo que es usted de Anseval, ¿verdad? ¿Fue allí donde coincidieron en el colegio?

Le extrañaba que la heredera de los cafés Balthazar hubiera estudiado en una pequeña escuela de pueblo.

—No, lo que quiero decir que somos aproximadamente de la misma edad, con algunos meses de diferencia. Ella cumplirá los veintiuno el mes que viene y yo los he cumplido hace quince días.

—¿Iban ustedes dos al colegio de Anseval?

—Ella no. Estudiaba en un convento de Nevers. Pero era en la misma época.

Maigret comprendió. Y desde entonces desconfió, atento para diferenciar lo falso de lo verdadero, y lo verdadero de lo creíble o de lo factible.

—¿Esperaba usted que ocurriese algo en la calle Chaptal?

—Siempre he pensado que aquello acabaría mal.

—¿Por qué?

—Porque se odian.

—¿Quiénes?

—La señorita y su hermano. Hace cuatro años que trabajo en la casa. Entré al poco de morir la señora. ¿Sabía usted que esta murió en un accidente ferroviario, cuando iba a tomar las aguas de Vittel? Fue terrible.

Hablaba como si ella hubiera estado allí cuando recogieron los ciento y pico cadáveres que había bajo los restos de los vagones.

—Mientras vivía la señora, el testamento no tenía importancia, ¿entiende?

—¿Conoce bien a la familia?

—He nacido en Anseval. Mi padre nació también allí. Mi abuelo, que era uno de los granjeros del conde, jugó con el anciano señor a las canicas.

—¿Qué anciano señor?

—Así lo llaman aún en el pueblo. ¿No lo sabía usted? Creía que la policía estaba al corriente de todo.

—Habla usted, sin duda, del anciano señor Balthazar.

—El señor Hector, sí. Su padre era el talabartero del pueblo; también tocaba las campanas de la iglesia. A los doce años, el señor Hector era vendedor ambulante. Iba de granja en granja con su caja a la espalda.

—¿Fue él quien fundó los cafés Balthazar?

—Sí, y, a pesar de todo, mi abuelo lo tuteó hasta el final. Estuvo mucho tiempo sin regresar al pueblo. Cuando volvimos a verlo, ya era rico, y supimos que había comprado el castillo.

—¿A quién pertenecía el castillo?

—Al conde de Anseval, naturalmente.

—¿Ya no hay ningún conde de Anseval?

—Queda todavía uno. El amigo de la señorita. ¿Me ofrecería otra copita de licor? ¿Es licor de su pueblo?

—Del pueblo de mi mujer.

—¡Cuando pienso en que esa bruja (no me refiero a su mujer) ha tenido la cara dura de hacerse pasar por mí y dormir en mi cama! Es más gorda que yo. ¿Es cierto que la ha visto usted en camisón? Podría decirle muchas cosas sobre su cuerpo. Por ejemplo, sus pechos…

—Entonces el anciano Balthazar, el propietario de los cafés, compró el castillo de Anseval. ¿Estaba casado?

—Lo había estado, pero su mujer ya había muerto en aquella época. Tenía una hija, una mujer hermosa, pero demasiado orgullosa. También tenía un hijo, el señor Hubert, que nunca hizo nada de provecho. Era un muchacho tan dulce como dura era su hermana. Viajaba mucho al extranjero.

—¿Todo eso ocurría antes de que naciese usted?

—Por supuesto. Pero ¡aún dura!

Con un gesto maquinal, Maigret había sacado su pequeño cuaderno del bolsillo y estaba escribiendo nombres, algo parecido a un árbol genealógico. Se daba cuenta de que, con una muchacha como Germaine, la precisión era necesaria.

—Así pues, primero hubo un Hector Balthazar, al que llama usted el anciano señor. ¿Cuánto hace que murió?

—Cinco años. Uno antes que su hija.

Y Maigret, pensando que Félicien Gendreau era ya un anciano, dijo con extrañeza:

—Debía de ser muy mayor.

—Tenía ochenta y ocho años. Vivía solo en una inmensa mansión en la avenida del Bois de Boulogne. Dirigía todavía él mismo su negocio con la ayuda de su hija.

—¿No lo ayudaba su hijo?

—¡De ningún modo! Su hijo tenía prohibido ir a las oficinas. Le pasaban una pensión. Vive en los muelles, cerca del Pont-Neuf. Es una especie de artista.

—Un momento… Avenida del Bois… Su hija casada con Félicien Gendreau.

—Eso es. Pero al señor Félicien tampoco se le permite ocuparse de los negocios.

—¿Por qué?

—Al parecer, lo intentaron hace mucho tiempo… Era jugador… Todavía hoy se pasa las tardes en las carreras… Dicen que hizo algo inapropiado con letras o cheques. Su suegro ni siquiera le dirigía la palabra.

Más adelante, Maigret tuvo la oportunidad de conocer la mansión de la avenida del Bois de Boulogne, una de los más feas y recargadas de París, con torres medievales y vidrieras. Tuvo oportunidad también de ver una fotografía del anciano, con sus rasgos claramente perfilados, su piel del color de la tiza, sus largas patillas blancas y la levita, que solo dejaba al descubierto dos tiras estrechas de pechera alrededor de la corbata.

Si hubiera conocido algo más de la vida parisiense, habría sabido que el anciano Balthazar había legado su mansión al Estado, con todos los cuadros que había ido almacenando, con la condición de convertirlo en museo. Tras su muerte, se habló mucho de aquello. Durante más de un año, los expertos discutieron sobre la posible adquisición y finalmente el Gobierno rechazó el legado, porque la mayoría de las telas eran falsas.

Maigret vería también un día el retrato de la hija, con el cabello tirante sobre la nuca, su silueta estilo emperatriz Eugenia y un rostro tan frío como el del fundador de la dinastía.

En cuanto a Félicien Gendreau, lo conocía, así como sus bigotes teñidos, sus polainas claras, su bastón con puño de oro.

—Parece ser que el viejo detestaba a todo el mundo, incluso a su hijo; también a su yerno y al señor Richard, a quien conoció muy bien. Solo apreciaba a su hija y a su nieta, la señorita Lise. Decía que únicamente ellas eran de su raza y dejó un testamento complicado. El señor Braquement podría hablarle de ello.

—¿Quién es el señor Braquement?

—Su notario. Tiene unos ochenta años. Todos los demás le tienen miedo porque es el único que sabe.

—¿Que sabe qué?

—No me lo han dicho. Todo eso se descubrirá cuando la señorita Lise cumpla los veintiuno, y por eso están todos tan rabiosos en este momento. Yo no estoy ni de un lado ni de otro… Si yo hubiera querido…

Maigret tuvo una inspiración.

—¿El señor Richard? —se aventuró entrando en su juego.

—Intentó seducirme durante bastante tiempo. Fui sincera con él y le dije que se equivocaba de persona, y le aconsejé que centrase su atención en Marie. «Esa es lo bastante tonta para que hagan con ella lo que quieran», le dije con toda la crudeza.

—¿Siguió su consejo?

—No lo sé. Con esa gente nunca se sabe. Si quiere usted mi opinión, ¡y los conozco muy bien!, están todos un poco locos.

Mientras decía aquello, sus ojos se veían aún más saltones y su mirada más fija. Se inclinaba hacia Maigret. Uno habría pensado que iba a agarrarlo de las rodillas.

—¿Louis también es de Anseval?

—Es hijo del antiguo maestro. Hay quien dice que, en realidad, es hijo del cura.

—¿Está él de parte del señor Richard?

—¿Qué dice usted? Todo lo contrario, se pasa la vida detrás de la señorita. Permaneció con el viejo hasta la muerte de este. Es él quien lo cuidó durante su enfermedad, y seguro que sabe más cosas que nadie, incluso que el señor Braquement.

—¿Nunca la ha cortejado a usted?

—¿Él?

Y se echó a reír.

—Se vería muy apurado si tuviera que hacerlo. Parece un hombre, así, con todo ese vello negro; pero, primero, es mucho más viejo de lo que aparenta, tiene por lo menos cincuenta y cinco años, y, segundo, no es realmente un hombre. ¿Me entiende? Por eso, la señora Louis y Albert...

—Perdone. ¿Quién es Albert?

—El ayuda de cámara. Es de Anseval también. Fue jockey hasta los veintiún años.

—Perdone. Visité toda la casa y no vi ninguna habitación que...

—Porque duerme encima de las caballerizas, con Jérôme.

—¿Quién es Jérôme?

—El cochero del señor Félicien. Solo Arsène, el chófer, que está casado y tiene un niño, no duerme en la casa.

Maigret había garabateado nombres en todos los sentidos de la hoja de su pequeño cuaderno.

—Si alguien ha disparado contra la señorita, lo cual no me extrañaría, habrá sido seguramente el señor Richard durante una de sus discusiones.

—¿Discuten a menudo?

—Podría decirse que todos los días. Una vez él le apretó tanto las muñecas que le salieron dos moratones en forma de círculo que le duraron una semana. Pero ella se defiende, y él, por su parte, también ha recibido unas cuantas patadas en las piernas, y quizás un poco más arriba. Sin embargo, yo apostaría a que no fue a la señorita a quien dispararon.

—¿A quién entonces?

—¡Al conde!

—¿Qué conde?

—¿No lo entiende usted? ¡Al conde de Anseval!

—¡Es verdad! Existe todavía un conde de Anseval.

—El nieto del hombre que vendió el castillo al viejo Balthazar. Fue la señorita quien lo conoció no sé dónde.

—¿Es rico?

—¿Él? No tiene un céntimo.

—¿Y frecuenta la casa?

—Frecuenta a la señorita.

—Él… Quiero decir…

—¿Me pregunta si se acuestan juntos? No creo que a él le apetezca. ¿Entiende usted ahora? Están todos locos. Se pelean como perros. Únicamente el señor Hubert no se mete en nada, y los otros dos, los hermanos, intentan, cada uno por su lado, atraérselo a su bando.

—¿Se refiere usted a Hubert Balthazar, el hijo del anciano? ¿Qué edad tiene?

—Quizá cincuenta y dos, quizás un poco más. Es muy fino, muy distinguido. Cuando visita la casa, siempre charla un rato conmigo. ¡Oiga!, a estas horas no hay ningún tren para Conflans y tendré que dormir en alguna parte. ¿Tiene usted una cama libre?

Había algo tan provocativo en su mirada que Maigret carraspeó y echó una mirada instintiva hacia la puerta de la cocina.

—Desgraciadamente, no tenemos habitación de invitados. Acabamos de mudarnos.

—¿Son ustedes recién casados?

Y estas palabras, en su boca, tenían un sentido casi indecente.

—Le buscaré una habitación en algún hotel del barrio.

—¿Ya se va a acostar usted?

—Tengo una cita en el centro.

—Es verdad que la gente de la policía no debe de dormir muy a menudo en su cama. Es gracioso, no tiene usted aspecto de policía. Conocí a uno, alto, muy moreno, Léonard…

Maigret prefería no saberlo. Parecía haber conocido a muchos hombres, incluido el agente de seguros.

—Supongo que aún me necesitará usted, ¿no? Entonces lo mejor sería que volviese a la casa como si nada hubiera ocurrido. Así, podría contarle cada noche lo que ha sucedido durante el día.

De la cocina llegaba el ruido de cazuelas, pero no fue por ello por lo que Maigret rechazó ese ofrecimiento. Germaine lo asustaba literalmente.

—Ya la veré mañana. Si quiere usted acompañarme…

Antes de ponerse el sombrero y el abrigo, Germaine se arregló de nuevo el cabello ante el espejo y cogió la botella de kirsh.

—¿Me permite? ¡He hablado y pensado en tantas cosas! ¿Usted no bebe?

No era necesario hablarle de la cantidad de copitas de calvados que él había bebido de buen grado o a la fuerza durante el día.

—Seguramente tengo montones de cosas que contarle. Hay gente que escribe novelas y que no ha vivido la cuarta parte de lo que yo he vivido. Si me pusiera a escribir…

Maigret entró en la cocina y besó a su mujer en la frente. Ella lo miró alegremente con una llamita maliciosa en los ojos.

—Es posible que vuelva bastante tarde.

Y ella, para hacerle rabiar:

—¡Tómate todo el tiempo que necesites, Jules!

Había una pensión en una manzana de casas antes de llegar al bulevar Voltaire. En la calle, Germaine, deliberadamente, se había cogido del brazo de su compañero.

—Es que con mis tacones Luis Quince…

¡Naturalmente! Estaba más acostumbrada a caminar con zuecos.

—Tiene usted una mujer encantadora. Cocina muy bien.

Maigret no se atrevía a darle dinero para la habitación. Entró en la recepción y enrojeció cuando el guarda de noche le preguntó:

—¿Es para toda la noche o solo para un rato?

—Para toda la noche. Solo para la señorita…

Mientras el empleado examinaba el tablero de las llaves, Germaine se apoyó con más fuerza en su brazo, sin excusa ahora, pues no estaba caminando.

—La dieciocho. La segunda a la izquierda. Espere a que le dé toallas.

Maigret prefería no acordarse de cómo se despidió de ella. Había una alfombra roja en la escalera. Germaine tenía las dos toallas en una mano, la llave con una chapa de cobre, en la otra. El empleado había vuelto a sumergirse en la lectura de su periódico.

—¿Está seguro de que no tiene usted más preguntas?

Se hallaba en el primer escalón. Sus ojos se veían más saltones, más fijos que nunca. ¿Por qué Maigret pensaría en la mantis religiosa que devora a los machos después de la cópula?

—No… hoy no… —balbució.

—Olvidaba que tiene usted una cita.

Su labio húmedo esbozaba una mueca irónica.

—Entonces ¿mañana?

—Sí, mañana.

Recordaba confusamente lo que había ocurrido luego. Maigret aún no se había acostumbrado a aquel ritmo. Recordaba solo el olor a colada en el momento en que entraba en el metro, el chasquido de las puertas automáticas, un largo viaje en esa atmósfera gris del subterráneo, con siluetas que oscilaban a cada movimiento del vagón, rostros roídos por la luz eléctrica, ojos dormidos.

Se perdió en calles desiertas, apenas iluminadas y, cerca de la puerta de La Villette, encontró por fin un amplio local lleno de coches de punto parados, con las varas en alto y, detrás, más allá de un patio, el calor de las caballerizas.

—¿Cornille? No, no ha regresado todavía. Si quiere usted esperarlo.

Ya eran las doce y media de la noche cuando un cochero completamente borracho lo miró con extrañeza.

—¿La señorita de la calle Chaptal? ¡Espere! Fue ella quien me dio un franco de propina. Y el tipo alto y moreno.

—¿Qué tipo alto y moreno?

—Él que me paró en la calle Blanche, claro, y me dijo que esperara en la calle Chaptal frente al número… al número… Es curioso, nunca recuerdo los números… En mi oficio, sin embargo…

—¿La llevó usted a la estación de tren?

—¿A la estación de tren? ¿Qué estación?

Tenía los ojos húmedos y estuvo a punto de mancharle a Maigret el pantalón con un escupitajo de tabaco de mascar que lanzó con fuerza.

—Primero, no la llevé a la estación de tren… Luego…
Luego…

Maigret también le deslizó un franco en la mano.

—La llevé al hotel que está enfrente de las Tullerías, en
una pequeña plaza… Espere. Un nombre de monumento…
Siempre confundo los nombres de los monumentos… El
Hôtel du Louvre… Ven, Cocotte…

Ya no había metro, ni autobuses, ni tranvías, y Maigret
tuvo que ir caminando por la interminable calle de Flandre,
antes de alcanzar las luces de un barrio más animado.

La cervecería Clichy debía de estar cerrada, y, sin duda,
Justin Minard habría vuelto a su casa en la calle de Enghien,
donde estaría dándole explicaciones a su mujer.

# 5

## La primera ambición de Maigret

Maigret se estaba afeitando en el comedor ante el espejo, que colgaba del cierre de la ventana. Era una costumbre ir, por las mañanas, detrás de su mujer y arreglarse en cualquier habitación de la casa donde ella estuviera en ese momento, quizá porque era el momento de mayor intimidad del que disfrutaban. Era cierto que la señora Maigret tenía una cualidad realmente apreciable: estaba tan fresca y lozana y tan animada al despertarse como a media tarde. Abrían las ventanas y respiraban aire fresco. Se oía el martillo de una fragua, ruidos de camiones, relinchos de caballos; llegaban incluso cálidas vaharadas de estiércol cuando limpiaban las cuadras de la empresa de mudanzas de al lado.

—¿Crees que está verdaderamente loca?

—Si se hubiera quedado en el pueblo, si se hubiera casado y hubiera tenido diez hijos, probablemente no se hubiera notado. Solo que los hijos no habrían sido del mismo padre, eso es todo.

—¡Oye, Maigret! Creo que es tu amigo el que está paseando por la acera.

Se asomó con la mejilla llena de jabón y reconoció a Justin Minard, que lo esperaba sin mostrar impaciencia.

—¿No le dices que suba?

—No vale la pena. Estaré listo dentro de cinco minutos. ¿Pensabas salir hoy?

Maigret le preguntaba muy pocas veces qué pensaba hacer durante el día y ella adivinó enseguida sus intenciones.

—¿Quieres que acompañe a la muchacha?

—Es muy posible que te lo pida. Si la dejo suelta por París, como necesita desesperadamente hablar, Dios sabe con quién lo hará y qué contará.

—¿Vas a verla ahora?

—Enseguida.

—Seguirá en la cama.

—Probablemente.

—Apuesto a que te costará trabajo deshacerte de ella.

Cuando salía del portal, se le acercó Justin Minard, quien se puso a andar a su lado y con la mayor naturalidad del mundo le preguntó:

—¿Qué hacemos hoy, jefe?

Y Maigret recordaría mucho más adelante que el pequeño flautista había sido el primero en llamarlo «jefe».

—¿La ha visto? ¿Tiene usted alguna pista? Apenas he dormido. Precisamente, en el momento en que cogía el sueño, se me ocurrió una pregunta.

Sus pasos resonaban en la acera del bulevar Richard-Lenoir. Veían de lejos la animación del bulevar Voltaire.

—Si han disparado, es evidente que lo hicieron contra alguien. Entonces me he preguntado si la bala no habría alcanzado a ese alguien. No le molesto, ¿verdad?

Todo lo contrario, porque era una pregunta que Maigret, por su parte, ya se había hecho.

—Suponga usted que el disparo no ha alcanzado a nadie. Evidentemente es difícil saber cómo piensa ese tipo de gente… Me parece, sin embargo, que, si no hubiera habido ningún herido o muerto, no se habrían tomado la molestia de organizar toda esa puesta en escena… ¿Entiende…? En cuanto me echaron, se apresuraron en arreglar la habitación para que se creyese que nadie había estado allí… Hay otro detalle: ¿recuerda usted que, mientras el mayordomo intentaba echarme, una voz desde la primera planta dijo: «Dese prisa, Louis»?

»Como si algo malo pasase arriba, ¿verdad? Y si metieron a la señorita Gendreau en la habitación de la criada, es, sin duda, porque estaba demasiado alterada para representar su papel…

»Tengo todo el día libre… Puede usted enviarme donde quiera…

Al lado de la pensión donde Germaine había pasado la noche había un café con terraza, veladores de mármol blanco y un camarero con patillas, como en un calendario publicitario, que estaba limpiando los cristales.

—Espéreme aquí.

Por unos instantes, Maigret dudó. Estuvo a punto de enviar a Minard en su lugar a la habitación de Germaine. Si le hubieran preguntado por qué necesitaba ver a la criada, le habría costado responder. Cierto es que aquella mañana le apetecía estar en todas partes a la vez. Experimentaba cierta nostalgia del Vieux Calvados y sentía no estar tras sus ventanas, observando las idas y venidas de la casa de la calle

Chaptal. Ahora que conocía un poco mejor a sus habitantes, le parecía que ver a Richard Gendreau subiendo a su coche, a su padre avanzando hacia el coche de punto, a Louis tomando el fresco en la acera cobraba para él sentido.

Habría querido también estar en el Hôtel du Louvre, en la avenida del Bois de Boulogne e incluso en Anseval.

Pero, de todos esos personajes, a los que desconocía unos días antes, solo uno le resultaba accesible y se aferraba a él instintivamente.

Cosa curiosa: aquel sentimiento tenía sus raíces en sus sueños de niño y también de adolescente. Aunque la muerte de su padre había interrumpido sus estudios de Medicina después del segundo año, en realidad, nunca había tenido la intención de ejercer como médico, de cuidar enfermos.

De hecho, la profesión que habría deseado realmente ejercer no existía. Cuando era muy joven, estando en su pueblo, tenía la sensación de que mucha gente no estaba en el lugar que le correspondía, que tomaba un camino que no era el suyo únicamente porque no sabía hacia dónde dirigirse.

Y se imaginaba a un hombre muy inteligente, muy comprensivo sobre todo, a la vez médico y sacerdote, por ejemplo, un hombre que comprendería con un solo vistazo el destino de los demás.

Lo que había respondido hacía un momento a su mujer respecto a Germaine correspondía a ese pensamiento: si hubiera permanecido en Anseval…

La gente habría acudido a consultar a ese hombre, como se consulta a un médico. Habría sido, en cierto modo, un componedor de destinos. No solamente porque sería inteligente. Quizá no necesitaba una inteligencia excepcional. Más bien porque era capaz de vivir la vida de todos los hombres, de ponerse en la piel de todos.

Maigret nunca había hablado de aquello con nadie. No se atrevía a pensar en ello con demasiada insistencia, porque se habría burlado de sí mismo. A falta de poder terminar la carrera de Medicina, había entrado en la policía por casualidad. Pero ¿se trataba realmente de una casualidad? ¿Y los policías no son, a veces, componedores de destinos?

Toda la noche anterior, tanto despierto como en sueños, había vivido con aquellas personas a las que apenas conocía, de las que no sabía casi nada, empezando por el viejo Balthazar, que había muerto cinco años antes, y ahora llevaba consigo a toda la familia a la habitación de Germaine, a cuya puerta estaba llamando.

—¡Entre! —contestó una voz pastosa. E inmediatamente después—: ¡Espere! No me acordaba de que la puerta está cerrada con llave.

Arrastró sus pies desnudos sobre la alfombra. Estaba en camisón, el cabello le caía por la espalda y su pecho era rotundo, rebosante de savia. Hacía, sin embargo, algún tiempo que estaba despierta, porque se veía sobre la mesilla de noche una bandeja con restos de chocolate y migas de cruasán.

—¿Tenemos que salir? ¿Necesito vestirme?

—Puede volverse a acostar o ponerse una bata. Solo deseo charlar con usted.

—¿No le resulta raro que esté usted completamente vestido, mientras yo estoy en camisón?

—No.

—¿Su mujer no es celosa?

—No. Me gustaría que me hablase del conde de Anseval. O, mejor, usted conoce la casa, todos los que la habitan y la frecuentan. Piense que es la una de la madrugada... La una de la madrugada... Se produce un altercado en la habitación de la señorita Gendreau, escúcheme atentamente... ¿Quién, en su opinión, podría estar en su habitación?

Germaine se estaba peinando delante del espejo, mostrando así su vello rojizo de las axilas. Se veía también su cuerpo de piel rosada que transparentaba el camisón. Se esforzaba por pensar en esa pregunta.

—¿Louis? —preguntó Maigret para ayudarla.

—No. Louis no habría subido tan tarde.

—Espere. Un detalle que había olvidado. A esas horas, Louis estaba completamente vestido, con su chaqué, su pechera blanca y su corbata negra. ¿Acostumbra a acostarse tan tarde?

—Algunas veces, pero no con el uniforme. Tal vez habían tenido invitados en la casa.

—¿Hubert Gendreau, por ejemplo, el tío de la señorita Gendreau, podría haber estado en la habitación de su sobrina?

—No creo que fuese allí a la una de la madrugada.

—Si hubiese ido, ¿dónde lo habría recibido ella? En los salones de la planta baja, supongo.

—Desde luego que no. Las cosas no ocurren así en la calle Chaptal. Cada uno vive su propia vida. Los salones son solamente para las recepciones. El resto del tiempo permanecen en sus habitaciones.

—¿Richard Gendreau podría haber entrado en la habitación de su hermana?

—Seguramente. Lo hace a menudo. Sobre todo cuando está furioso.

—¿Llevaba a veces revólver? ¿Le ha visto usted con un revólver en la mano?

—No.

—¿Y a la señorita Gendreau?

—¡Un momento! El señor Richard tiene dos revólveres: uno grande y otro pequeño, pero están en su despacho. La señorita tiene uno también, con la culata de nácar, en el cajón de su mesilla. Cada noche, lo saca y lo deja sobre la mesilla.

—¿Es miedosa?

—No. Desconfía. Como todas las brujas, se imagina que los demás la odian. ¡Si le dijera que a su edad ya es avara…! A propósito, suele dejar dinero encima de los muebles, después de haberlo contado, para comprobar si se lo roban. La criada que precedió a Marie cayó en la trampa y la despidieron.

—¿Alguna vez ha recibido al conde en su habitación?

—Tal vez no en su habitación, pero sí en el tocador que está al lado.

—¿A la una de la mañana?

—Probablemente. He leído un libro sobre Isabel de Inglaterra, una reina… ¿Sabe quién es? Es una novela, pero debe de ser cierto lo que cuenta. Era una mujer fría, incapaz de tener relaciones sexuales. No me extrañaría que a la señorita le pasase lo mismo.

El peine rechinaba en el cabello. Germaine arqueaba la espalda observando de vez en cuando a Maigret en el espejo.

—¡Por suerte, no es mi caso, afortunadamente!

—¿Cree usted que es posible que, al oír ruido en la segunda planta, el señor Richard subiese con su revólver?

Se encogió de hombros.

—¿Para qué?

—Para sorprender al amante de su hermana…

—Eso le tiene sin cuidado. Para esa gente solo cuenta el dinero.

Seguía pavoneándose ante Maigret. No se imaginaba que él se hallaba lejos de allí, que se encontraba en la mansión de los Gendreau, en la habitación de la calle Chaptal, intentando colocar a los personajes en el lugar que les correspondía, como en el teatro.

—¿Alguna vez el conde de Anseval fue a la mansión con un amigo?

—Es posible, pero entonces lo recibirían en la planta de abajo y yo no bajo casi nunca.

—¿La señorita Lise le telefoneaba alguna vez?

—No creo que él tuviera teléfono. Ella no lo llamaba; era él quien lo hacía de vez en cuando, sin duda desde un café.

—¿Por qué nombre lo llamaba ella?

—Por el de Jacques, naturalmente.

—¿Qué edad tiene él?

—Quizá veinticinco años. Es un muchacho apuesto, con un aspecto un poco golfo, y siempre parece estar burlándose de la gente.

—¿Es el tipo de hombre que podría llevar un revólver en el bolsillo?

—Seguramente.

—¿Por qué es usted tan categórica?

—Porque es un tipo así. ¿Ha leído usted *Fantômas*?

—El señor Félicien, el padre, ¿está de parte de la hija o del hijo?

—De parte de nadie. O más bien de mi parte, si desea saberlo. Ha venido algunas veces a mi habitación en zapatillas, a las ocho de la mañana, con el pretexto de que le cosiese un botón.

»Los demás apenas le prestan atención. Los criados lo llaman "el Viejo" o también "Bigotes". Salvo Albert, que es su ayuda de cámara, a nadie le interesa lo que dice, porque siempre son cosas sin importancia. Una vez le dije con toda crudeza: "Si sigue usted alterándose de ese modo, le va a dar un ataque. ¿Y qué habrá ganado usted con eso?".

»Pero siempre vuelve a las andadas. Ahora le toca a Marie y no sé cómo lo habrá llevado…

»Oiga, ¿no le incomoda mirar a una mujer mientras ella se arregla?

Maigret se levantó y buscó su sombrero.

—¿Adónde va usted? ¿Piensa dejarme sola?

—Tengo citas importantes. Dentro de un rato, el hombre que la trajo a usted aquí vendrá a hacerle compañía.

—¿Dónde está?

—Abajo.

—¿Por qué no ha venido con usted? ¡Confiese que tenía usted alguna otra intención al subir aquí! ¡Acaso no se atreve? ¿Es por su mujer?

Germaine ya había vertido agua en la jofaina para lavarse, y Maigret se imaginaba ese momento en el que se deslizaría del todo el camisón, cuyos tirantes iban resbalando un poco más a cada movimiento.

—La veré luego —dijo abriendo la puerta.

Y se encontró de nuevo, bajo un rayo de sol que atravesaba la terraza en diagonal, con Justin Minard, que estaba bebiéndose un café con leche.

—Su mujer acaba de llegar.

—¿Cómo?

—En cuanto salió usted de su casa, llegó una carta. Su mujer corrió tras usted confiando en alcanzarlo. En cuanto la he visto aquí, supe que ella lo buscaba.

Maigret se sentó, pidió un doble de cerveza, sin pensar en la hora temprana, y abrió el sobre. La nota estaba firmada por Maxime Le Bret.

¿Podría usted pasarse por mi despacho, esta mañana? Un cordial saludo.

Seguramente habría escrito aquella nota en el bulevar de Courcelles, porque, si hubiera estado en la comisaría, Le Bret habría utilizado papel con el membrete policial. Era muy meticuloso en cuanto a guardar las formas. Poseía por lo menos cuatro tipos de tarjetas de visita, destinadas a ocasiones precisas: «El señor y la señora Le Bret de Plouhinec»; «Maxime Le Bret de Plouhinec»; «Maxime Le Bret, oficial de la Legión de Honor» y «Maxime Le Bret, comisario de policía…».

Esa nota, escrita de su puño y letra, indicaba una nueva intimidad entre él y su adjunto. Seguramente se habría preguntado cómo encabezarla: «¿Mi querido Maigret? ¿Muy señor mío? ¿Señor?». A fin de cuentas, lo había despachado no poniendo nada.

—Dígame, Minard, ¿de verdad dispone usted de tiempo libre?

—De todo el tiempo que usted necesite.

—La muchacha está arriba. Y no sé cuándo podré volver. Me temo que, si la soltamos, se presentará la calle Chaptal y hablará.

—Entendido.

—Si sale usted a la calle con ella, déjeme una nota para decirme dónde están. Si necesita usted irse, llévela con mi mujer.

Un cuarto de hora más tarde Maigret entraba en la comisaría. Sus colegas lo miraron con esa admiración algo envidiosa que se profesa por los empleados con permiso o en una misión especial, quienes, milagrosamente, no se debían a un horario ni a la rutina de cada día.

—¿Está el comisario?

—Desde hace un buen rato.

Le Bret recibió a Maigret con la misma simpatía que transmitía su nota. Incluso le tendió la mano, lo que no hacía habitualmente.

—No le pregunto en qué punto se encuentra su investigación, porque supongo que es pronto aún. Le he pedido que viniese a verme… Quiero que me entienda usted bien, porque el asunto es delicado. Es evidente que lo que sé del bulevar Courcelles no incumbe a la comisaría de policía. Por otra parte…

Caminaba de un lado a otro del despacho, con el rostro fresco y descansado, fumando su cigarrillo con boquilla dorada.

—Es difícil para mí dejar que se estanque usted en su

investigación por falta de información. Ayer, por la tarde, la señorita Gendreau llamó a mi mujer.

—¿Llamó desde el Hôtel du Louvre?

—¿Lo sabía usted?

—Fue allí por la tarde en un coche de punto.

—En ese caso… Eso es todo… Sé lo difícil que es averiguar lo que ocurre en ciertas casas…

Se habría dicho que estaba ansioso, que se preguntaba qué otras cosas habría averiguado Maigret.

—La señorita Gendreau no tiene intención de volver a la calle Chaptal, y ha decidido habilitar la mansión de su abuelo.

—En la avenida del Bois de Boulogne.

—Sí. Veo que ya sabe usted muchas cosas.

Entonces Maigret se envalentonó:

—¿Puedo preguntarle si conoce usted al conde de Anseval?

Le Bret, sorprendido, frunció las cejas, como alguien que intenta comprender. Reflexionó un buen rato.

—¡Ah, sí! Los Balthazar han comprado el castillo de Anseval, ¿verdad? Pero no veo la relación.

—La señorita Gendreau y el conde de Anseval se veían a menudo.

—¿Está usted seguro? Es muy curioso.

—¿Conoce usted al conde?

—No personalmente, y lo prefiero así. Pero he oído hablar de él. Lo que me extraña… A menos que se conocieran cuando eran niños o que ella no sepa… Bob de Anseval ha tomado muy mal camino. No se le recibe en ningún sitio, no pertenece a ningún círculo, y creo que ha tenido que vérselas con la brigada antivicio.

—¿Sabe dónde vive?

—Según dicen, frecuenta algunos bares de mala fama de la avenida Wagram y del barrio des Ternes. Quizás en antivicio tengan más datos.

—¿Me permite que me informe sobre ello?

—Con la condición de que no mencione usted a los Gendreau-Balthazar.

Se veía visiblemente preocupado. Dos o tres veces murmuró para sí: «¡Es curioso!». Y Maigret, cada vez más audaz, preguntó:

—¿La señorita Gendreau es, en su opinión, una persona normal?

Esta vez, Le Bret se sobresaltó, y miró a su adjunto con una severidad involuntaria.

—¿Perdón?

—Le pido que me disculpe si he planteado mal la pregunta. Estoy seguro de que es efectivamente Lise Gendreau a quien vi en la habitación de la criada aquella noche. Lo ocurrido sucedió en la habitación de la señorita Gendreau, y se trata de un acontecimiento lo bastante importante para que montaran toda esa escena. Y, además, no tengo ningún motivo para dudar del testimonio del músico que pasaba por la calle y oyó el disparo.

—Siga.

—Es probable que esa noche la señorita Gendreau no estuviera sola con su hermano en su habitación.

—¿Qué quiere usted decir?

—Que lo más probable es que la tercera persona fuese el conde de Anseval. Si se efectuó un disparo, si realmente había tres personas en la habitación, si alguien resultó herido…

Maigret, en el fondo, estaba orgulloso de la mirada sorprendida de su jefe.

—¿Ha conseguido usted más información?

—No mucha más.

—Creía que había visitado usted toda la casa.

—Salvo las habitaciones que se encuentran encima de las caballerizas y del garaje.

Por un momento y por primera vez, la tragedia parecía real. Le Bret aceptaba la eventualidad de un acontecimiento sangriento, un asesinato, un crimen. Y aquello se había producido en su mundo, en casa de unas personas a las que frecuentaba, con las que se relacionaba, en casa de una joven que era amiga íntima de su esposa.

Un hecho curioso: al ver a su jefe alterado, Maigret también experimentó la intensidad de esa posible tragedia. Ya no se trataba simplemente de un problema que resolver. Había una vida humana, quizá varias vidas humanas implicadas en el asunto.

—La señorita Gendreau es muy rica —dijo por fin el comisario, soltando un suspiro a su pesar—. Probablemente sea la única heredera de una de las cinco o seis fortunas más grandes de París.

—¿Probablemente?

Su jefe sabía bastante más del asunto, pero era evidente que se mostraba reacio a dejar que el hombre de mundo que era se mezclase con su condición de comisario de policía.

—¿Sabe, Maigret? Hay importantes intereses en juego. Desde su infancia, Lise Gendreau es consciente de que siempre ha sido el centro de atención. Nunca ha sido una niña como las demás. Siempre se ha sentido como única heredera de los cafés Balthazar; más aún, la heredera espiritual de Hector Balthazar. —Y sin poder evitarlo, dejó caer—: Es una pobre muchacha. —Y, en un tono que demostraba interés, continuó—: ¿Está usted seguro de lo que me ha dicho respecto a Anseval?

En este caso, era una pregunta del hombre de mundo a quien le interesaba aquello y que, a pesar de todo, se mostraba incrédulo.

—Ha visitado a menudo y por la noche, bastante tarde, a la señorita Gendreau, tal vez no en su habitación, pero sí en el tocador contiguo de la segunda planta.

—Eso es distinto.

¿Bastaba para aliviarlo esa diferencia que establecía entre el tocador y la habitación?

—Quisiera hacerle otra pregunta, señor comisario. ¿Alguna vez la señorita Gendreau tuvo intención de casarse? ¿Le interesan los hombres? ¿Cree usted que es lo que llaman una «mujer frígida»?

Le Bret no conseguía salir de su asombro. Miraba estupefacto a su joven adjunto, que acababa de usar un lenguaje sorprendente y sobre gente a la que no conocía. Había en su expresión una admiración involuntaria y cierta inquietud, como si de pronto se hubiera encontrado ante un hechicero.

—Se cuentan muchas historias sobre ella. Es cierto que ha rechazado a los partidos más brillantes.

—¿Le atribuyen aventuras?

El comisario mintió visiblemente cuando respondió:

—No lo sé. —Y en un tono más seco, añadió—: Le confieso que me resulta impensable plantearme este tipo de preguntas respecto a las amigas de mi esposa. Sepa usted, mi joven amigo…

Estuvo a punto de ser hiriente, como lo habría sido probablemente en el bulevar de Courcelles, pero se detuvo a tiempo:

—… nuestra profesión exige una infinita prudencia y mucho tacto. Me pregunto incluso…

Maigret sintió que un escalofrío le recorría la espalda. Iban a retirarlo de la investigación, exigirle que volviese a su puesto ante el escritorio negro, que se pasase de nuevo los días copiando atestados en los registros y redactando certificados de indigencia.

Durante varios segundos la frase quedó en suspenso. Por fortuna, el funcionario de la República triunfó sobre el hombre de mundo.

—Créame, sea muy muy prudente. Si es preciso, si cualquiera cosa le preocupa, llámeme a mi casa. Creo habérselo dicho ya. ¿Tiene usted mi número?

Se lo escribió en un trozo de papel.

—Si le he hecho venir esta mañana es porque no quería que estuviera usted dando vueltas en balde. No podía imaginarme que había llegado tan lejos.

Sin embargo, no le tendió la mano al despedirse. Maigret era de nuevo policía, un policía que tenía grandes posibilidades de adentrarse en lo más profundo de un mundo en el que la tarjeta de visita del señor y la señora Le Bret de Plouhinec ya tenía por sí sola un valor legal.

Era un poco antes del mediodía, Maigret había franqueado el portal del Quai des Orfèvres y había visto al pasar, a la izquierda, un tablón repleto de fichas de hoteles y pensiones. Subió la amplia escalera polvorienta, y no como portador de un mensaje cualquiera de la comisaría, como ya había ocurrido, sino en cierto modo por cuenta propia.

Había visto las puertas alineadas en el pasillo, con los nombres de los comisarios, la sala de espera acristalada, a un inspector que pasaba con un hombre esposado.

Ahora se encontraba en un despacho cuyas ventanas daban al Sena, un despacho que no se parecía en nada al de su comisaría de barrio. Había hombres sentados ante teléfonos o ante informes; un inspector, con la pierna sobre la mesa, fumaba tranquilamente su pipa; aquello estaba repleto de vida, bullía, en una atmósfera de desaliñada camaradería.

—Mira, chico, puedes subir a la sala de los archivos si quieres, pero no creo que encuentres ningún expediente sobre él, porque, que yo sepa, nunca ha sido condenado.

Un sargento de unos cuarenta años lo trató con familiaridad, como si fuese un monaguillo. Maigret se encontraba en la brigada antivicio. Esa gente conocía al dedillo el medio donde se movía el conde de Anseval.

—Oye, Vanel, ¿hace tiempo que no has visto al conde?

—¿A Bob?

—Sí.

—La última vez que lo vi fue en las carreras y estaba con Dédé.

—Dédé es un tipo que tiene un taller en la calle de las Acacias —le explicaron—. Un taller donde nunca hay más de uno o dos coches. ¿Entiendes, muchacho?

—¿Cocaína?

—Seguramente algo hay de eso, y también, sin duda, otros asuntillos. Sin contar las mujeres. «El conde», como lo llaman, está con el agua al cuello. Podríamos haberle echado el guante por dos o tres asuntos sin mucha importancia, pero preferimos tenerlo vigilado con la esperanza de que algún día nos conduzca hasta un pez más gordo.

—¿Tienen su última dirección?

—¿No crees que tu comisario se está metiendo en nuestro terreno? ¡Cuidado, muchacho! Podríais espantar a Bob. No es que nos interese personalmente, pero un tipo como él, que no tiene prejuicios, puede aportar mucha información. ¿El asunto que llevas entre manos es importante?

—Necesito realmente encontrarlo.

—¿Tienes la dirección, Vanel?

Y este, con el desprecio característico de la gente del Quai des Orfèvres hacia los pequeños funcionarios de las otras comisarias, masculló:

—En el Hôtel du Centre, calle Brey. Justo detrás de L'Étoile.

—¿Cuándo estuvo allí por última vez?

—Hace cuatro días; lo vi en bar de la esquina de la calle Brey, con su amiguita.

—¿Podrías decirme su nombre?

—Lucile. Es fácil reconocerla. Tiene una cicatriz en la mejilla izquierda.

Un comisario entró, atareado, con papeles en la mano.

—Decidme, muchachos…

Se interrumpió al ver a un desconocido en el despacho de sus inspectores, y miró con expresión interrogante.

—Es el adjunto de la comisaría de Saint-Georges.

—¡Ah!

Y ese «¡Ah!» hizo que Maigret deseara más que nunca pertenecer a la «casa». ¡Él no era nadie! ¡Menos que nadie! Ninguno de ellos le hacía caso ya. El comisario, inclinado sobre el sargento, discutía con él una redada que llevarían a cabo la noche siguiente en los alrededores de la calle de La Roquette.

Como no estaba muy lejos de la plaza de la République, decidió ir a almorzar a su casa, antes de dirigirse al barrio de L'Étoile en busca del conde o de Lucile.

Cuando volvía la esquina del bulevar Richard-Lenoir, vio a una pareja en la cervecería, ante un mantel y dos cubiertos.

Eran Justin Minard y Germaine. Estuvo a punto de no pararse para no perder tiempo con ellos. Creía que el flautista lo había visto, pero este fingió mirar hacia otra parte. En cambio, la criada de la señorita Gendreau golpeó el cristal y no le quedó otra que entrar.

—No quería que fuese usted al hotel y no me encontrara —dijo Germaine—. ¿Ha trabajado mucho?

Minard parecía sentirse algo avergonzado, mientras leía atentamente el menú.

La muchacha, por el contrario, se mostraba muy expresiva. Uno habría dicho que su cutis era ahora más claro, con más color; sus ojos, más brillantes, e incluso que tenía los pechos más grandes.

—¿Nos necesita usted esta tarde? Porque, si no es así, he visto que dan una función en el teatro del Ambigu…

Estaban sentados en la banqueta de hule y Maigret vio que la mano de Germaine se posaba sobre la rodilla del músico con toda naturalidad.

Las miradas de los dos hombres finalmente se encontraron. La del flautista decía: «No he podido evitarlo».

Y Maigret se esforzaba por no sonreír.

Él almorzaría con la señora Maigret, en su pequeño comedor del cuarto piso, desde donde se veía desfilar a los transeúntes por las aceras.

Fue la señora Maigret quien declaró de repente, mientras hablaban de otra cosa:

—¡Apuesto a que lo ha seducido!

Y no pensó ni por un instante que la muchacha de los grandes pechos habría podido seducir también a su marido.

# 6

## Una pequeña fiesta familiar

No fue hasta las ocho de la tarde, cuando las farolas dibujaban, orlándolas de un hilo de perlas luminosas, la perspectiva de las avenidas alrededor del Arco de Triunfo, cuando Maigret, que no albergaba ya ninguna esperanza, entró en contacto con lo que buscaba.

De aquella tarde le quedaría un recuerdo radiante, el de la más hermosa primavera de París, y de un aire tan dulce, tan perfumado que la gente se paraba para respirarlo. Sin duda, hacía ya varios días que las mujeres salían sin abrigo en las horas cálidas, pero solo entonces se dio cuenta de ello, y tuvo la impresión de asistir a un florecimiento de blusas claras. Ya llevaban margaritas, amapolas y acianos en los sombreros, mientras los hombres se tocaban con sombreros de paja.

Durante varias horas, solo había recorrido un sector estrecho entre L'Étoile, la plaza des Ternes y la Porte Maillot. En la calle de Brey, tan pronto se volvía la esquina, se tropezaba uno con tres mujeres encaramadas en los altos tacones de sus botines, muy encorsetadas, que no se hablaban ni se agrupaban, pero que, en cuanto aparecía un transeúnte, se precipitaban sobre él. Su cuartel general era precisamente el hotel donde vivía el conde. Cerca de la puerta, otra mujer, mucho más gruesa que las demás, de aspecto más plácido, esperaba, renunciando así a salir en busca de una presa.

¿Por qué se fijó Maigret en que había una lavandería enfrente con muchachas lozanas planchando? ¿Era debido al contraste?

—¿Está el conde en su habitación? —preguntó en la recepción del hotel.

Lo miraron de arriba abajo. Toda la gente con la que se encontraría ese día lo miraría del mismo modo, despacio, con aire más fastidiado que desdeñoso y contestaría a regañadientes.

—Suba a verlo usted mismo.

Maigret se creía ya al final de su primera gestión.

—¿Puede usted decirme el número de su habitación?

Dudaron. Acababa de facilitar una prueba de que no era un familiar del conde.

—La treinta y dos…

Subió, envuelto en efluvios de vida humana y cocina. En el fondo del pasillo, una camarera amontonaba sábanas que parecían aún húmedas por el sudor. Llamó en vano a una puerta.

—¿Busca usted a Lucile?

—No, al conde.

—No está ahí. No hay nadie.

—¿Sabe usted dónde podría encontrarlo?

La pregunta debía de ser tan disparatada que no se tomó la molestia de contestarla.

—¿Y Lucile?

—¿No está en Le Coq?

De nuevo, Maigret se traicionó; y esa gente desconfiaba enseguida. Si no sabía ni dónde encontrar a Lucile, ¿qué hacía allí?

Le Coq era uno de los cafés que había en la esquina de la avenida Wagram. Las terrazas eran amplias. Había algunas mujeres sentadas solas y Maigret sospechó que existían ciertas diferencias entre estas y las que esperaban a su presa en la esquina de la calle de Brey. Había además otro tipo de mujeres: las que caminaban lentamente hasta L'Étoile y volvían a bajar hasta la plaza des Ternes, parándose en los escaparates; a algunas de ellas se las habría podido confundir con burguesas de paseo.

Buscaba una cicatriz. Habló con el camarero:

—¿Lucile no está aquí?

—Hoy no la he visto —dijo el camarero, echando una ojeada al local.

—¿Cree usted que vendrá? ¿Tampoco ha visto al conde?

—Hará por lo menos tres días que no lo veo.

Maigret fue entonces a la calle de las Acacias. El taller seguía cerrado. El zapatero, que estaba mascando tabaco, también pareció considerar que sus preguntas eran innecesarias.

—Creo que lo he visto sacar el coche esta mañana.

—¿Un coche gris? ¿Un Dion-Bouton?

Para el hombre que mascaba tabaco, un coche solo era un coche y no le interesaba el modelo.

—¿Sabe usted dónde podría encontrarlo?

Y Maigret percibió cierta conmiseración por parte del hombre sentado a la sombra de su cuchitril.

—Me ocupo solo de mis zapatos.

Volvió a la calle de Brey, subió y llamó a la habitación 32, pero nadie abrió la puerta. Continuó la caza, de Le Coq a la plaza des Ternes, volviéndose a mirar a todas las mujeres, fijamente, buscando la cicatriz, de modo que, durante más de una hora, lo tomaron por un cliente que no acababa de decidirse.

De vez en cuando, sentía cierta angustia. Lamentaba perder así el tiempo, mientras quizás, en alguna otra parte, estaría ocurriendo algo. Habría querido, si hubiese tenido tiempo para ello, merodear por los alrededores de las oficinas de los cafés Balthazar, asegurarse de que Lise Gendreau seguía en el Hôtel du Louvre, y vigilar las idas y venidas de la calle Chaptal.

Entonces ¿por qué se obstinó en quedarse allí? Vio a hombres, de aspecto aparentemente irreprochable, entrar, con la cabeza baja, en el hotel de la calle de Brey; parecía que una cadena invisible tirase de ellos. Vio salir a otros, más lastimosos aún, con la mirada inquieta, franquear rápidamente el espacio desierto que los separaba de la muchedumbre, entre la cual recobraban por fin su aplomo. Vio a algunas mujeres hacerse señas cómplices y repartirse monedas de plata.

Entró en todos los bares. Se le ocurrió imitar al flautista y pidió refrescos de fresa, pero aquello le daba náuseas y, hacia las cinco de la tarde, volvió a optar por la cerveza.

—No he visto a Dédé. ¿Ha quedado con usted?

De una punta a la otra del barrio tropezaba con la misma connivencia. Solo hacia las siete, alguien le dijo:

—¿No estaba en las carreras?

Y tampoco encontró a Lucile. Finalmente le preguntó a una mujer que parecía menos arisca.

—Quizá se haya ido al campo.

Al principio, Maigret no lo entendió.

—¿Va al campo a menudo?

La otra lo miró, riéndose.

—Le ocurre como a todas las mujeres, claro. Y, entonces, no viene mal ir a pasear…

Dos o tres veces estuvo a punto de renunciar. Incluso se había dirigido a la entrada del metro y ya había bajado algunos escalones.

Pero, poco después de las siete y media, mientras caminaba mirando con descaro a las mujeres que pasaban, por casualidad, desvió la vista hacia la calle Tilsitt, donde reinaba la calma. Algunos coches de punto se hallaban alineados ante la acera y, justo delante, vio un coche gris, del que reconoció enseguida el modelo y la matrícula.

Era el coche de Dédé. No había nadie dentro. Un guardia urbano se paseaba en la esquina de la calle.

—Pertenezco a la comisaría de Saint-Georges. ¿Podría usted hacerme un favor? Si el propietario de este coche volviese e intentase marcharse, ¿podría usted retenerlo con un pretexto cualquiera?

—¿Me enseña usted su carnet?

En aquel barrio, ¡hasta los guardias urbanos, desconfiaban! A esa hora, todos los restaurantes estaban llenos. Puesto que Dédé no se encontraba en Le Coq —acababan de confirmárselo de nuevo—, estaría probablemente comiendo en alguna parte. En una tasca bastante popular le dieron un empellón y le dijeron al pasar:

—¿Dédé? No lo conozco…

Tampoco lo conocían en una cervecería cercana a la sala Wagram.

Maigret regresó dos veces para confirmar que el coche seguía aparcado en el mismo sitio. Sintió deseos de reventar uno de los neumáticos con la navaja para asegurarse de que no se marchase, pero la presencia del guardia urbano, que era mucho más veterano que él en el oficio, le impedía hacerlo.

Finalmente empujó la puerta de un pequeño restaurante italiano. E hizo la consabida pregunta:

—¿No ha visto usted al conde?

—¿A Bob…? No. Ni ayer ni hoy…

—¿Y a Dédé?

La sala era pequeña, con banquetas de terciopelo rojo. Era bastante elegante. En el fondo, un tabique que no llegaba al techo separaba el restaurante de una especie de reservado, en cuya entrada Maigret vio plantado a un hombre con traje a cuadros. Su rostro era colorado; su cabello, de un rubio claro, con raya en medio.

—¿Qué ocurre? —preguntó, dirigiéndose no a Maigret, sino al dueño, que estaba detrás del mostrador.

—Pregunta por el conde o por Dédé…

El hombre con traje a cuadros avanzó con la boca llena y la servilleta en la mano. Se acercó tanto a Maigret que casi se pegó a él, y, tranquilamente, se tomó el tiempo necesario para examinarlo.

—¿Y bien? —preguntó. —Y, como Maigret tardaba en responderle, añadió—: Yo soy Dédé.

Maigret había previsto varias formas de abordarlo cuando por fin lo encontrase, pero improvisó una nueva:

—Llegué ayer —dijo torpemente.

—¿De dónde?

—De Lyon. Vivo en Lyon.

—¡Eso es interesante!

—Busco a un amigo mío, compañero de colegio…

—Si se trata de un compañero de colegio, no soy yo.

—Es el conde de Anseval… Bob…

—¡Mira por dónde!

No sonreía; se pasaba la punta de la lengua por los dientes mientras pensaba.

—¿Y por dónde ha buscado a Bob?

—Un poco por todas partes. No le he encontrado en su hotel.

—Así que, cuando estaban los dos en el colegio, ya le dio la dirección de su hotel, ¿eh?

—La he conseguido a través de un amigo.

Dédé hizo una seña imperceptible al camarero.

—Pues bien, puesto que es usted amigo de Bob, se tomará una copa con nosotros. Precisamente esta noche celebramos una pequeña fiesta familiar.

Le hizo un gesto para que lo siguiese al interior del reservado. La mesa ya estaba servida. Había una botella de champán en una cubitera de plata y también copas, una mujer vestida de negro acodada en la mesa y un hombre con la nariz rota y mirada bovina, quien se levantó lentamente con la actitud de un boxeador que se acerca para un primer asalto.

—Este es Albert, un amigo.

El hombre miró a Albert de un modo indefinible, como había mirado al dueño. No levantaba la voz, seguía sin sonreír y, sin embargo, daba la impresión de que se estaba burlando.

—Lucile, la mujer de Bob.

Maigret vio la cicatriz que surcaba un rostro muy hermoso, muy expresivo, y, cuando ella se inclinó para saludarlo, brotaron lágrimas de sus ojos, que se enjugó con un pañuelo.

—No haga caso. Acaba de perder a su padre. Así que mezcla un poco lágrimas con champán. ¡Angelino! ¡Una copa y un cubierto!

Era curiosa e inquietante aquella helada cordialidad, que resultaba en cierto modo amenazante. Maigret se volvió y supo enseguida que no podría salir de allí sin el permiso del hombrecillo del traje a cuadros.

—¿Así que ha venido de Lyon para encontrarse con Bob, su antiguo compañero de clase?

—No he venido expresamente para eso. Tenía asuntos que me reclamaban en París. Y un amigo me dijo que Bob vivía aquí. Hace tiempo que le perdí la pista.

—Mucho tiempo, ¿eh? Pues bien: ¡a su salud! Los amigos de nuestros amigos también son nuestros amigos. ¡Bebe, Lucile!

La muchacha obedeció; su mano temblaba tanto que la copa chocó con sus dientes.

—Esta tarde, ha recibido un telegrama anunciándole que su padre ha muerto. Eso siempre causa un gran dolor. Enséñale el telegrama, Lucile.

Ella lo miró, extrañada.

—Muéstraselo al señor.

Rebuscó en su bolso.

—He debido de dejármelo en mi cuarto.

—¿Le gustan los raviolis? El dueño está preparándonos unos especiales. Por cierto, ¿cómo se llama usted?

—Jules.

—Me gusta ese nombre, Jules. Suena bien. Entonces, Jules, ¿qué nos cuenta?

—Me habría gustado ver a Bob antes de marcharme.

—¿Por qué regresa tan pronto a Burdeos?

—Le he dicho Lyon.

—¡Ah, sí! ¡Lyon! ¡Hermosa ciudad! Estoy seguro de que Bob sentirá no haberlo visto. Sobre todo, ¿comprende?, porque aprecia muchísimo a sus amigos del colegio. Póngase en su lugar. Los amigos del colegio son buena gente. Apostaría a que usted es buena gente. ¿A qué crees que se dedica este señor, Lucile?

—No lo sé —respondió ella.

—Apostaría a que cría pollos.

¿Iba con segundas? ¿Por qué la palabra «pollo», que se emplea en ciertos ambientes para referirse a los policías? ¿Estaba advirtiendo a los otros de esa posibilidad?

—Trabajo en seguros —murmuró Maigret, que siguió el juego hasta el final porque no podía hacer otra cosa.

Les sirvieron la comida. Llevaron una nueva botella de champán que Dédé debía de haber pedido haciéndole un gesto al camarero.

—Es curioso cómo uno vuelve a encontrarse. Se llega a París, así, se acuerda uno vagamente de un compañero de colegio y se tropieza con alguien que te da su dirección. Otros habrían podido buscar durante diez años, sobre todo dado que nadie en el barrio conoce el nombre de Anseval. Es como mi nombre. Pregunte mi nombre al dueño, a Angelino, que me conoce desde hace años. Le dirán a usted que soy Dédé. ¡Dédé a secas! ¡Deja de gimotear, Lucile! El señor creerá que no sabes comportarte en la mesa.

El otro, el de la nariz de boxeador, no decía nada; comía, bebía con aire testarudo, pero de vez en cuando soltaba una especie de risita silenciosa, como si le divirtiesen realmente las bromas del dueño del taller mecánico.

Lucile no dejaba de mirar la hora en un relojito de oro enganchado a su cintura y colgado de una cadena, así que Dédé la tranquilizó:

—No perderás el tren, no sufras. —Le explicó a Maigret—: La meteré luego en el tren, para que llegue a tiempo para los funerales. Para que vea cómo son las cosas: hoy, su padre se ha ido al otro barrio, y yo he ganado en las carreras de Longchamp. Nado en dinero. Por lo que he ofrecido una pequeña fiesta. Y, precisamente hoy, Bob no está aquí para brindar.

—¿Está de viaje?

—Eso es, Jules. Está de viaje. Pero luego intentaremos que lo vea usted.

Lucile se puso de nuevo a sollozar.

—¡Bebe, querida! No existe nada mejor que el champán para ahogar las penas. ¿Se habría usted imaginado que era tan sensible? Hace dos horas que hago todo lo posible para animarla. Los padres se tienen que morir algún día, ¿no es cierto? Dime, Lucile, ¿cuánto tiempo hacía que no lo veías?

—¡Cállate!

—Otra botella de lo mismo, Angelino, ¿Y el suflé? Dile al dueño que tenga cuidado al sacarlo. ¡A tu salud, Jules!

Bebiera cuanto bebiese, la copa de Maigret siempre estaba llena, y Dédé se la llenaba y brindaba de una forma casi amenazante.

—¿Cómo se llama el amigo que te ha informado del paradero de Bob?

—Bertrand.

—Debe de ser listo. No solo te ha informado sobre el viejo Bob, sino que además te ha enviado directamente al taller.

Maigret dedujo que ya sabía que alguien había merodeado en la calle de las Acacias y había preguntado por él. Dédé debió de haber pasado por allí al final de la tarde.

—¿Qué taller? —preguntó, sin embargo, Maigret.

—Creí que me habías hablado del taller. ¿No es por mí por quién has preguntado al llegar aquí?

—Sabía que Bob y usted eran amigos.

—¡Hay que ver lo listos que son los Lyon! ¡A tu salud, Jules! ¡A la rusa, de un trago! ¡Vamos! ¿No te gusta?

El boxeador parecía regocijarse en su rincón. Lucile, por el contrario, que se mostraba ya más serena, parecía inquieta. Dos o tres veces, Maigret creyó ver a la muchacha interrogar con la mirada a Dédé.

¿Qué pensaban hacer con él? El mecánico, era evidente, tenía algo en mente. Se mostraba cada vez más animado, a su manera, sin sonreír, con un brillo extraño en la mirada. A veces esperaba una aprobación de los demás, como un actor que se encuentra inspirado.

«Ante todo, mantener la sangre fría», se decía Maigret, al que obligaban a tomar una copa tras otra de champán.

No iba armado. Era de complexión fuerte, pero nada podría hacer contra dos hombres como el mecánico y, sobre todo, como el boxeador. Percibía en ellos, y de forma cada vez más clara, una resolución fría.

¿Sabrían que era policía? Probablemente. Quizá Lucile se había pasado por la calle Brey y le habían hablado del tipo obstinado que hacía preguntas. ¡Quién sabe si no lo estaban esperando ya!

Sin embargo, aquella comida estaba justificada. Dédé había dicho que nadaba en dinero y se adivinaba que era cierto: se notaba en él esa excitación propia de la gente de su calaña que de repente tiene la cartera bien repleta.

¿Las carreras? Debía de ir allí muy a menudo, pero Maigret habría jurado que ese día no había ido Longchamp.

Respecto a las lágrimas de Lucile, no era la muerte de su padre lo que las provocaba a intervalos casi regulares. ¿Por qué se le humedecían los ojos cada vez que se hablaba de Bob?

Eran las diez y seguían en la mesa, con botellas de champán. Maigret seguía luchando contra la embriaguez que le embargaba.

—¿Te importa si hago una llamada, Jules?

La cabina telefónica estaba a la izquierda, en la sala, y, desde su sitio, Maigret podía verla. Dédé tuvo que pedir dos o tres números antes de poder hablar con su interlocutor. Veía cómo se movían sus labios, pero no podía adivinar sus palabras. Lucile parecía inquieta. En cuanto al boxeador, había encendido un enorme puro y sonreía beatíficamente, guiñando de vez en cuando un ojo a Maigret.

Detrás del cristal de la cabina, parecía que Dédé daba órdenes a alguien, insistiendo sobre ciertas palabras. Ya no se le veía de buen humor como antes.

—Discúlpame, muchacho, pero no quería que te fueses sin ver a tu amigo Bob —le dijo Dédé.

Lucile, al borde de una crisis nerviosa, estalló en sollozos con el rostro contra su pañuelo.

—¿Le ha llamado usted?

—No exactamente, pero viene a ser lo mismo. Me las he arreglado para que os encontraseis los dos. Es igual, ¿no? Quieres verlo, ¿no es cierto?

Aquello debía de ser graciosísimo, porque el boxeador se quedó como extasiado e incluso soltó una especie de cacareo de admiración.

¿Acaso pensaba que Maigret ignoraba lo que realmente estaba pasando? El conde estaba muerto o se lo podía dar por muerto. Cuando Dédé hablaba sobre la posibilidad de que ambos se reuniesen…

—Yo también tengo que hacer una llamada —dijo con el mayor aplomo del que fue capaz.

A pesar de las recomendaciones de Maxime Le Bret, decidió poner sobre aviso a su comisaría; no se atrevía a contactar con una comisaría de otro barrio. Probablemente estaría Besson de guardia, o Colombani, con el sargento Duffieu, y seguramente estarían jugando a las cartas. Bastaría alargar las cosas para darles tiempo a llegar y apostarse cerca del coche.

No se atreverían a intentar nada contra él en el restaurante. Aún había clientes, cuyas voces oía del otro lado del tabique y, aunque muchos debían de pertenecer al ambiente de Dédé, seguro que también habría gente normal.

—¿A quién tienes que llamar?

—A mi mujer.

—¿Has venido con tu mujer? Eres todo un burgués, ¿eh? ¿Lo has oído, Lucile? Jules es un señor formal. ¡No es para ti! No te molestes en darle con el pie por debajo de la mesa. ¡A tu salud, Jules! No hace falta que te molestes. Angelino llamará por ti. ¿En qué hotel dices que se hospeda tu mujer?

El camarero esperaba, y también parecía disfrutar de la situación.

—No es urgente.

—¿Estás seguro? ¿No se preocupará? A lo mejor se imagina cualquier cosa y llama a la policía para que te localicen. Una botella, Angelino. O mejor, no. Ahora coñac. Es la hora del coñac. En copas grandes. Estoy seguro de que a nuestro amigo Jules le encanta el coñac.

Por un momento, Maigret pensó en levantarse bruscamente y precipitarse hacia la salida, pero sabía que le impedirían alcanzar la puerta. Era más que probable que los dos hombres estuviesen armados. Sin duda tenían amigos, si no cómplices, en la sala, y Angelino, el camarero, no dudaría en detenerlo poniéndole la zancadilla.

Entonces Maigret se tranquilizó; sintió de pronto una calma lúcida, extraordinariamente lúcida, a pesar del champán y del coñac que le obligaban a beber. A veces, él también miraba la hora en su reloj. Hasta hacía poco, se había encargado de la vigilancia de las estaciones de trenes y se sabía de memoria el horario de los trenes principales.

Dédé no había hablado en vano del tren. Era cierto que iban a marcharse, quizá los tres. Debían de tener ya sus billetes. Y cada media hora que transcurría se reducían las posibilidades de llegar a tiempo a cogerlo. El tren de El Havre, que podría haberlos llevado quizás hasta algún barco, había salido hacía diez minutos de la estación de Saint-Lazare. En la estación del Este, el tren de Estrasburgo saldría dentro de unos veinte minutos.

Dédé no era hombre de los que se esconden en el campo, donde acabarían encontrándolo. Tenía su coche fuera, aparcado en la calle Tilsitt.

Se marchaban sin equipaje. Abandonarían sin duda el coche.

—No bebas más, Lucile. Conociéndote, acabarás vomitando en el mantel y eso es de mala educación. ¡La cuenta, Angelino! —Y fingiendo creer que Maigret había hecho ademán de sacar la cartera, añadió—: ¡De ningún modo! Ya te he dicho que se trataba de una pequeña fiesta familiar…

Estaba orgulloso de abrir una cartera repleta de billetes de mil francos. No miró siquiera la cuenta, y le tendió uno de los billetes a Angelino, diciendo:

—¡Quédate el cambio!

Debía de estar muy seguro de sí mismo.

—Y ahora, mis queridos amigos, larguémonos de aquí. Vamos a llevar a Lucile a la estación de tren y luego iremos a ver a Bob. ¿Te parece bien, Jules? ¿Te sostienes en pie? Nuestro amigo Albert te ayudará. ¡Sí, hombre! Cógelo del brazo; yo me ocupo de Lucile.

Eran las once y media. Aquella parte de la avenida Wagram estaba poco iluminada; solo se veía luz más adelante, hacia la plaza des Ternes. Mientras salían, el dueño del restaurante los miró con un aire extraño y, cuando aún no habían dado diez pasos en la acera, bajó precipitadamente las persianas, a pesar de que todavía había dos o tres personas en el interior.

—Agárralo con fuerza, Albert. Que no se estampe contra el suelo, no sea que su amigo Bob no lo reconozca. ¡Por aquí, señores!

Si hubiese habido un agente en la esquina de la calle, Maigret habría pedido ayuda, porque sabía demasiado bien lo que le esperaba. Se lo habían dicho, se lo habían dado a entender de forma clara. Sabía que, desde el momento en el que entró en el restaurante italiano, su suerte estaba decidida.

No había ningún agente de policía a la vista. Al otro lado de la avenida, dos o tres mujeres se perfilaban en la penumbra. En la parte alta de la avenida, un tranvía llegó a su última parada, pero estaba vacío, con una luz acaramelada, como de jarabe, tras los cristales.

Maigret confiaba en que sus acompañantes no dispararían. Tendría que subir rápidamente al coche y alejarse a toda prisa de allí antes de que saltase la alarma.

¿Un navajazo? Probablemente. Estaba de moda en aquella época. Albert, el boxeador, tenía buen cuidado de inmovilizarle el brazo derecho con el pretexto de sostenerlo.

Lástima que Maigret no hubiese podido reventar uno de los neumáticos unas horas antes. Si hubiera esperado unos minutos a que el agente hubiese vuelto la espalda, la situación habría sido distinta.

Era casi medianoche. Solo salían ya dos trenes: uno para Bélgica, en la estación del Norte, y el de Ventimiglia, en la estación de Lyon. Pero Ventimiglia quedaba lejos de allí.

La señora Maigret debía de estar esperándolo cosiendo. Justin Minard estaría tocando el contrabajo en la cervecería Clichy, donde la pieza que iban a interpretar se anunciaba en un cartel. ¿Habría conseguido deshacerse de Germaine?

Maigret habría jurado que ella estaría allí, en la cervecería, y que el músico estaría preguntándose qué hacer con ella después.

No se veía un alma, ni siquiera un coche de punto en la calle Tilsitt. Solo el coche gris, que estaba aparcado al borde de la acera. Dédé se subió y puso el motor en marcha, tras haber instalado a Lucile en la parte de atrás.

¿Quizá querían llevarlo a un lugar más desierto aún, a orillas del Sena o del canal Saint-Martin, para echar después su cuerpo al agua?

Maigret no tenía ningún deseo de morir y, sin embargo, estaba como resignado. Haría todo lo que pudiese para defenderse, pero poco podía hacer. Su mano izquierda, en su bolsillo, apretaba un manojo de llaves.

¡Si el motor no hubiese arrancado! Pero, después de algunos rugidos, se puso en marcha y todo el coche se estremeció sobre sus ruedas.

La pelliza de piel estaba sobre el asiento; Dédé no se molestó en ponérsela. ¿Era él quien lo golpearía hasta matarlo? ¿O bien sería el boxeador, que estaba sentado detrás de Maigret y quien no le había soltado el brazo derecho?

El momento había llegado, y tal vez Maigret se puso a rezar: «Dios mío, haz que…».

De pronto se oyeron voces. Dos hombres, bastante alegres, bajaban por la avenida Wagram, con traje de etiqueta y abrigo negro, con el puño de sus bastones colgado del bolsillo y tarareando una canción de moda en los cafés concierto.

—¡Entra en el coche, Jules! —dijo Dédé, con una prisa que Maigret aún tuvo tiempo de percibir.

Porque, en cuanto levantó el pie derecho para tomar asiento, recibió un fuerte golpe en la cabeza. Por instinto, agachó la cabeza, lo cual amortiguó el golpe. Creyó oír pasos que se acercaban, y unas voces, y un estruendo de motor, antes de perder la conciencia.

Cuando abrió de nuevo los ojos, lo primero que vio fueron unas piernas y unos zapatos de charol; luego, unos rostros que, en la penumbra, eran pálidos. Le pareció que había mucha gente, toda una muchedumbre y, sin embargo, un poco más tarde, le sorprendió comprobar que solo había cinco personas a su alrededor.

Uno de los rostros era el de una muchacha gruesa, de carnes blandas y expresión apacible que debía de estar esperando a los clientes al otro lado de la avenida y que se acercó atraída por el alboroto. La había visto dos o tres veces aquella tarde esperando en su puesto y, sin duda, no había tenido suerte, ya que seguía trabajando a aquellas horas.

Los dos juerguistas también estaban allí, y uno de ellos, inclinado sobre Maigret, le preguntaba una y otra vez, sin duda porque seguía borracho:

—Entonces, amigo, ¿se encuentra mejor? Diga, amigo, ¿se encuentra mejor?

¿Por qué había una cesta y por qué el aire olía a violetas? Maigret intentó levantarse apoyándose sobre un codo. El juerguista lo ayudó. Vio entonces a una anciana vendedora de flores, que se lamentaba:

—¡Otra vez esos maleantes! Si esto sigue así…

Y el botones de un hotel, un muchacho con uniforme rojo, se acercó, diciendo:

—Voy a llamar a la poli.

—¿Se encuentra mejor, amigo?

Maigret preguntó, con voz de somnámbulo:

—¿Qué hora es?

—Las doce y cinco.

—Tengo que telefonear.

—¡Pues claro, amigo! Luego, más tarde. Le traerán el teléfono. Precisamente han ido a buscarlo.

Ya no llevaba sombrero y su cabello estaba pegado al cogote. Ese canalla de Albert había debido de utilizar una porra americana. Sin la presencia de aquellos noctámbulos, lo habrían rematado indudablemente, y si Maigret no se hubiera agachado a tiempo...

Repitió:

—Tengo que telefonear.

Consiguió ponerse de rodillas; algunas gotas de sangre resbalaron de su cabeza sobre el pavimento; mientras uno de los juerguistas exclamaba:

—¡Está borracho, amigo! ¡Es para morirse de risa! ¡Todavía está borracho!

—Le aseguro que tengo que...

—... telefonear. Sí, amigo... ¿Oye usted eso, Armand...? Vaya a buscarle un teléfono...

Y la muchacha se indignó:

—¿No ven ustedes que no está en sus cabales? Mejor sería que llamasen a un médico.

—¿Conoce a alguno en el barrio?

—Hay uno en la calle de L'Étoile.

Pero el botones, muy diligente, ya está de vuelta guiando a dos agentes en bicicleta. Los otros se apartaron. Los agentes se inclinaron sobre él.

—Tengo que llamar… —repitió Maigret.

Resultaba gracioso. No se había emborrachado en toda la noche y ahora precisamente cuando su lengua se trababa y sus ideas eran confusas. Solo una permanecía clara e imperiosa.

Balbucía, humillado por estar allí, en el suelo, incapaz de levantarse:

—Soy policía… Miren en mi cartera… Barrio de Saint-Georges… Hay que telefonear inmediatamente a la estación del Norte… El tren de Bruselas… Dentro de algunos minutos… Tienen un coche…

Uno de los agentes se había acercado a la farola para examinar el contenido de la cartera.

—Es verdad, Germain.

—Escuche… Hay que darse prisa… Tienen billete… Una mujer vestida toda de negro, con una cicatriz en la mejilla… Uno de los hombres lleva un traje a cuadros… El otro tiene la nariz rota…

—¿Vas tú, Germain?

La comisaría no estaba lejos, en la calle de L'Étoile. Uno de los agentes subió a su bicicleta. El muchacho, que no había oído bien, preguntaba:

—¿Es usted poli?

Maigret perdió de nuevo el conocimiento, mientras uno de los borrachos dijo con dificultad:

—¡Les digo que está como una cuba!

# 7

## La risa de la señora Maigret

Seguía intentando rechazarlos con la mano, pero tenía la mano blanda, sin fuerza. De buena gana les habría suplicado que lo dejaran tranquilo. En realidad, ¿no lo había hecho ya? No lo recordaba. Tenía tantas cosas en la cabeza que le dolía...

Una certeza dominaba por encima de todo: era indispensable que lo dejaran llegar hasta el final. ¿Hasta el final de qué? ¡Dios mío! ¡Cuánto le cuesta a la gente entenderlo a uno! *¡Hasta el final!*

Pero, en aquel momento, lo trataban como a un niño o como a un enfermo. No le pedían su opinión. Y lo más humillante es que hablaban en voz alta sobre su situación, como si él fuera incapaz de comprender. ¿Por qué había permanecido tanto tiempo en el suelo como un enorme insecto aplastado? Vio un montón de piernas a su alrededor. ¡Bueno! Luego la ambulancia. Reconoció perfectamente que se trataba de una ambulancia y había forcejeado con fiereza. ¿Es que no se puede recibir un golpe en la cabeza sin que lo lleven a uno al hospital?

Había reconocido también el portal oscuro de Beaujon, la bóveda con una lámpara eléctrica de mucha potencia que dañaba los ojos; gente que iba y venía tranquilamente, un joven alto con bata blanca que parecía burlarse de todo el mundo.

¿Acaso no sabía que se trataba del interno que estaba de servicio? Una enfermera le cortaba el pelo en el cogote mientras el interno le hablaba de tonterías. Ella estaba muy bonita con su uniforme. Por el modo en que ambos se miraban, debían de haber hecho el amor antes de la llegada de Maigret.

No quería vomitar y, sin embargo, vomitó a causa del éter.

«Eso le enseñará al interno ese», pensó.

¿Qué le daban de beber? Se negó a beber. Necesitaba reflexionar. ¿Acaso el agente que iba en bicicleta no les había dicho que era un policía encargado de una investigación, de una investigación confidencial?

Nadie lo creía. Era culpa del comisario de policía, que no quería que se llevase a cabo la investigación. ¿Y por qué la señora Maigret, al preparar precipitadamente la cama, soltó una carcajada?

Estaba seguro de que su mujer se había reído, con una risa nerviosa, desconocida para él, y siguió oyéndola mientras iba de un lado a otro de la habitación, procurando hacer el menor ruido posible.

¿Acaso él podría haber actuado de otro modo en una situación como aquella? Que lo dejasen reflexionar. Que le diesen un lápiz y un papel. Cualquier trozo de papel, sí. Eso es.

Imagínense que esta raya representa la calle Chaptal… Es muy corta… Bueno… Es poco más de la una de la madrugada y no hay nadie en la calle…

Perdón, sí, hay alguien. Está Dédé al volante de su coche. Fíjense en el hecho de que el automóvil sigue con el motor en marcha. Puede haber dos motivos para ello. El primero, que se hubiese detenido con la intención de permanecer allí unos cuantos minutos. El segundo, que pensase que tal vez tendría que irse de allí enseguida. Y, cuando hace algo de frío —y en abril hace fresco por las noches—, cuesta ponerlos de nuevo en marcha.

¡No me interrumpan! Una raya, pues. Un cuadrito que representa la casa de los Balthazar. Él dice «los Balthazar» porque resulta más apropiado que llamarlos «los Gendreau». En el fondo, todo trata de la familia Balthazar, del dinero Balthazar, del drama Balthazar.

Si el coche de Dédé está allí, es porque existe un motivo para ello. Seguramente ha llevado hasta allí al conde y debe recogerlo cuando este salga de la casa.

Eso es muy serio. No me interrumpan… No es necesario que le pongan tantos chismes sobre la cabeza, ni que hiervan agua en la cocina. Oye cómo hierven el agua. Se pasan el tiempo hirviendo agua y, al final, resulta molesto y le impide pensar.

Cuando en otras ocasiones el conde visitaba a Lise, ¿lo acompañaba Dédé? Es fundamental averiguar esto último. Si no es así, esta visita, a la una de la madrugada, es especial, con un fin determinado.

¿Por qué la señora Maigret se ha echado a reír? ¿Qué hay de gracioso en lo ocurrido? ¿Acaso también cree ella que ha tenido alguna relación con una de esas mujeres?

Quien sí se ha acostado con Germaine es Justin Minard. Seguramente sigue pegada a sus talones y, sin duda, va a complicarle la vida durante mucho tiempo. ¿Y Carmen? Nunca la ha visto. Hay muchísima gente que nunca la ha visto.

Es injusto. Cuando se lleva a cabo una investigación *confidencial*, uno debería poder ver a todo el mundo, verlos por dentro.

Que le devuelvan su lápiz. Este otro cuadrito es una habitación. La habitación de Lise, naturalmente. Poco importan los muebles… No vale la pena dibujar los muebles; lo complicaría todo. Solo la mesita de noche porque, en el cajón o encima, hay un revólver.

Ahora, todo depende de muchas cosas. ¿Estaba Lise acostada o no lo estaba? ¿Esperaba al conde o no lo esperaba? Si estaba acostada, debía de haber sacado el revólver del cajón.

¡Que no le aprieten la cabeza, caramba! No es posible reflexionar cuando le oprimen a uno la cabeza con Dios sabe qué cosa pesada.

¿Cómo es posible que sea ya de día? ¿Quién es ese? Hay un hombre en la habitación, un hombrecito calvo al que él conoce, pero no recuerda el nombre. La señora Maigret cuchichea. Le deslizan un objeto frío en la boca.

¡Por piedad, señores…! Luego tendrá que declarar en el tribunal, y, si balbucea, Lise Gendreau se echará a reír pretendiendo que Maigret no puede entender nada de lo sucedido porque no es miembro del círculo Hoche.

Hay que concentrarse en el cuadrito. El circulito representa a Lise, y, en esa familia, solo las mujeres han heredado el carácter del viejo Balthazar, el solitario de la avenida del Bois de Boulogne. Es él quien afirmó tal cosa, y debía de saber lo que decía.

Entonces ¿por qué ella se precipita hacia la ventana, abre las cortinas y pide socorro?

Espere, señor comisario… No olvide a Minard, el flautista, porque cuando aparece Minard, cambia todo…

Nadie salió de la casa cuando Minard llamó a la puerta y, mientras hablaba con Louis, una voz de hombre dijo en la escalera:

—¡Dese prisa, Louis!

Y el coche de Dédé ya había desaparecido. ¡Ojo! No se había marchado del todo. Dio la vuelta a la manzana. Entonces Dédé esperaba efectivamente a alguien.

Cuando regresó con el coche, ¿se limitó a pasar por la calle, para comprobar si había alguien? ¿Dónde aparcó? ¿Subió al coche la persona que esperaba?

¡Por Dios, que lo dejen en paz! No quiere beber. Está harto. Está trabajando. ¿Me oyen? *¡Es-toy tra-ba-jan-do! ¡Estoy re-cons-tru-yen-do los he-chos!*

Tiene calor. Se agita. No piensa consentir que se burlen de él; nadie, ni siquiera su mujer. Es para echarse a llorar. Tiene ganas de llorar. No es justo que lo humillen como lo están haciendo. El que esté sentado en la acera no es motivo para que lo desprecien y se rían de todo lo que dice.

Nunca más le encargarán otra investigación. Ya dudaron en encomendarle esta. ¿Es culpa suya si, para descubrir lo que la gente lleva dentro, se ve obligado a veces a beber con ellos?

—Jules…

Niega con la cabeza.

—¡Jules! Despiértate.

Para castigarlos, no abrirá los ojos. Aprieta las mandíbulas. Debe de tener un aire feroz.

—Jules, es…

Y otra voz dice:

—¿Cómo estamos, muchacho?

Ha olvidado su promesa. Se incorpora de golpe y es como si su cráneo tropezara con el techo. Se lleva por instinto la mano a la cabeza, que tiene envuelta con un grueso vendaje.

—Perdone, señor comisario.

—Siento mucho haberlo despertado.

—No dormía.

Su mujer está allí, sonriéndole y haciéndole, detrás del señor Le Bret, señas que no entiende.

—¿Qué hora es?

—Las diez y media. Al llegar al despacho, he sabido lo ocurrido.

—¿Han redactado un informe?

¡Un informe sobre él! Se siente humillado. Los informes los hace él habitualmente y sabe cómo se redactan: «Esta noche, a las once cuarenta y cinco, al efectuar nuestra ronda en la avenida de Wagram, nos avisaron…». Y luego palabras como: «Un individuo yacía en la acera y dijo llamarse Maigret, Jules, Amédée, François…».

Al comisario, en cambio, se le veía fresco y descansado, vestido de gris de pies a cabeza, con una flor en el ojal. Su aliento olía al oporto matinal.

—La policía de la estación del Norte ha podido detenerlos a tiempo.

¡Vaya! ¡Casi se había olvidado de esos tres! Le apetecería decir como el flautista: «Eso no tiene importancia».

Y es cierto. Dédé importa bien poco en ese asunto, al igual que Lucile, y, sobre todo, que el boxeador que le dio un golpe en la cabeza con un «instrumento contundente», el término correcto para el informe.

Le incomoda estar en la cama delante de su jefe y saca una pierna.

—No se mueva usted.

—Le aseguro que me encuentro muy bien.

—Esa es también la opinión del médico. Sin embargo, necesitará algunos días de reposo.

—¡De ningún modo!

Quieren quitarle su investigación. Lo sabe y no dejará que se salgan con la suya.

—Quédese tranquilo, Maigret.

—Estoy tranquilo, muy tranquilo. Y sé lo que digo. Nada me impide andar, salir.

—Este asunto no corre prisa. Comprendo su afán por seguir, pero, respecto a su investigación, se hará todo lo que usted considere necesario.

Ha dicho «su» investigación, porque es un hombre de mundo. Ha encendido maquinalmente un cigarrillo y mira a la señora Maigret como excusándose.

—No se preocupe. Mi marido fuma en pipa de la mañana a la noche e incluso en la cama.

—Dame mi pipa, ya que estamos.

—¿Tú crees?

—¿El médico ha dicho algo sobre no fumar?

—No ha hablado de ello.

—¿Entonces?

Ella ha colocado sobre el tocador todo lo que encontró en los bolsillos de Maigret, y se pone a llenarle la pipa, que le tiende, así como una cerilla.

—Les dejo —dice, precipitándose a la cocina.

Maigret quisiera recordar todo lo que pensó durante la noche. Solo le queda un recuerdo vago y, sin embargo, se da cuenta de que se ha acercado a la verdad. Máxime Le Bret se ha sentado en una silla; se le nota preocupado. Pero su preocupación aumenta aún más cuando su adjunto dice, entre dos bocanadas:

—El conde de Anseval ha muerto.

—¿Está usted seguro?

—No tengo pruebas, pero lo juraría.

—Muerto… ¿cómo?

—Fue a él a quien dispararon.

—¿En la calle Chaptal?

Maigret afirma con la cabeza.

—¿Cree usted que es Richard Gendreau quien…?

La pregunta es demasiado precisa. Maigret no ha llegado todavía a ninguna conclusión. Recuerda su cuadrito con las pequeñas cruces.

—Había un revólver sobre la mesita de noche o en el cajón. Lise Gendreau pidió auxilio por la ventana. Luego tiraron de ella por detrás. Y sonó el disparo.

—¿Y qué papel desempeña Dédé en esta historia?

—Estaba en la calle, al volante del Dion-Bouton.

—¿Lo ha confesado?

—No es necesario que lo confiese.

—¿Y la mujer?

—Era la amante del conde, a quien llamaban Bob. Además, usted debe saberlo tan bien como yo.

Maigret desearía quitarse ese turbante ridículo que le pesa en la cabeza.

—¿Qué han hecho con ellos? —pregunta a su vez.

—Los han llevado a comisaría, mientras esperamos.

—¿Mientras esperan qué?

—Por el momento solo se les ha acusado de agresión a mano armada en la vía pública. Podríamos, sin duda, acusarlos también de robo.

—¿Por qué?

—El tal Dédé tenía cuarenta y nueve mil francos en los bolsillos.

—No los ha robado.

El comisario debe de adivinar su pensamiento porque su expresión se vuelve más sombría.

—¿Quiere decir que se los han dado?

—Sí.

—¿Para que se calle?

—Sí. Me resultó imposible encontrar a Dédé durante toda la tarde de ayer. Y, cuando apareció, estaba radiante, impaciente por gastar una parte de los billetes que le abultaban los bolsillos. Mientras Lucile lloraba la muerte de su amante, él festejaba su reciente fortuna. Yo estaba con ellos.

¡Pobre Le Bret! Le cuesta habituarse al cambio que aprecia en Maigret. Es como esos padres que están acostumbrados a tratar a su hijo como a un bebé y que, de repente, ven ante ellos a un muchacho que razona como una persona mayor.

¿Y quién sabe? Maigret lo observa y de pronto lo invade una vaga sospecha. Poco a poco, esa sospecha se transforma en certidumbre.

Le han confiado la investigación porque estaban convencidos, o al menos tenían la esperanza, de que no encontraría nada.

Había ocurrido del siguiente modo: el señor Le Bret-Courcelles, hombre de mundo, no está dispuesto a que importunen a otro hombre de mundo, a un compañero del mismo círculo que él, y aún menos a una amiga íntima de su mujer, la heredera de los cafés Balthazar.

¡Maldito flautista que ha metido las narices en un asunto que no le incumbe!

¿Acaso lo que ocurre en un estrato superior, en una mansión de la calle Chaptal interesa a los periódicos, al público e incluso a los miembros de un jurado, que son en su mayoría pequeños tenderos o empleados de banco?

En cambio, en su condición de comisario, Le Bret no puede, ante su adjunto, destruir un atestado. «Comprenda usted, amigo Maigret…».

Discreción. Nada de escándalos. Extrema prudencia. Esa es la mejor manera de que Maigret no descubra nada. Entonces, después de unos días, lo habrían acogido con una sonrisa condescendiente.

«Vamos, no pasa nada. No se desanime. Ha hecho usted todo lo que ha podido. No es culpa suya si ese flautista es un lunático que tuvo una pesadilla convirtiéndola en realidad. ¡A trabajar, amigo! Le prometo que la próxima investigación seria será para usted».

Ahora Le Bret está inquieto, por supuesto. Quién sabe si habría deseado que Maigret no hubiera amortiguado el golpe agachándose en el momento preciso. De esa manera, habría estado inmovilizado durante días, incluso semanas.

¿Cómo es posible que este pobre diablo haya descubierto tantas cosas?

Le Bret carraspea y murmura en un tono lo más despegado posible:

—En definitiva, acusa usted a Richard Gendreau de asesinato.

—No tiene por qué haber sido necesariamente él. Quizá fuera su hermana quien disparó. Es posible también que fuese Louis. No olvide usted que el flautista tuvo que llamar y golpear la puerta un buen rato antes de que le abriesen y que el mayordomo estaba completamente vestido.

Aquello fue como un rayo de esperanza para Le Bret. ¡Qué alivio si hubiese sido el mayordomo quien cometió el asesinato!

—¿No le parece esta última hipótesis más lógica? —Le Bret enrojece porque Maigret, a su pesar, lo mira con insistencia. Empieza a hablar con cierta elocuencia—: Por mi parte, así es como yo vería de buen grado las cosas…

Ha dicho de «buen grado», y esa expresión le resulta muy agradable a Maigret, además de producirle cierta satisfacción.

—No sé qué iría a hacer el conde a la casa… —se extrañó Le Bret.

—No era la primera vez.

—Ya me lo dijo usted y me sorprendió. Es un irresponsable. Su padre, aunque arruinado, conservó cierta dignidad. Vivía en un pequeño piso del Barrio Latino y evitaba a la gente con la que se había relacionado durante su juventud.

—¿Trabajaba?

—No. No exactamente.

—¿De qué vivía entonces?

—Cuando necesitaba dinero, vendía aquellas pertenencias que se habían salvado del naufragio: cuadros, una tabaquera, una joya de familia. ¿Tal vez algunas personas que habían conocido a su padre y cazado en el castillo le enviaban discretamente un poco de dinero? Bob, en cambio, se volvió una especie de anarquista. Se exhibía a propósito en los sitios más disolutos. Durante un tiempo, trabajó como botones en el restaurante Voisin, solo por incomodar a los amigos de su familia, de los que aceptaba las propinas. Y luego acabó en los bajos fondos, con una Lucile y un Dédé. ¿Qué estaba diciendo?

Maigret evitó tenderle un cable.

—¡Ah, sí! Es evidente que esa noche fue a casa de los Gendreau con una finalidad poco confesable.

—¿Por qué?

—El hecho de que se hiciera acompañar por Dédé, quien lo esperaba en la calle y que ni siquiera había parado el motor del coche, lo indica.

—Sin embargo, en la casa lo esperaban.

—¿Cómo lo sabe usted?

—¿Cree usted que, de otro modo, lo habrían dejado subir a la habitación de una joven soltera? ¿Y por qué Louis estaba completamente vestido a la una de la madrugada?

—Admitamos que lo estaban esperando, lo que significa que deseaban su presencia. En efecto, quizás habría anunciado su visita.

—En la habitación de la señorita, no lo olvide usted.

—¡De acuerdo! Admito, además, que Lise se ha comportado de forma imprudente con él. No nos corresponde juzgarla.

¡Vaya! ¡Vaya!

—Es imposible que esos dos hayan tenido una aventura. Sigue siendo, a pesar de todo, heredero del nombre de Anseval, y sus abuelos eran los dueños del castillo adquirido por el viejo Balthazar, que no era más que uno de sus labriegos.

—Eso podría impresionar a la nieta del vendedor ambulante.

—¿Por qué no? Además, también resulta verosímil que, conociendo el tipo de vida que llevaba el conde, ella haya querido salvarlo.

¿Por qué Maigret se puso furioso? Tenía la impresión de que Le Bret estaba presentando toda su investigación ante un espejo deformante. Tampoco le gustaba el tono insinuante del comisario, que parecía querer darle lecciones.

—Existe otra posibilidad —dijo Maigret con voz queda.

—¿Cuál?

—Que la señorita Gendreau-Balthazar haya querido añadir un título a su fortuna. Está muy bien haber adquirido el castillo de Anseval. Pero quizá se sentía en él un poco como una intrusa. Yo también he pasado mi infancia a la sombra de un castillo, del que mi padre era tan solo un administrador. Recuerdo cómo algunos nuevos ricos hacían lo imposible para que los invitasen a las cacerías.

—¿Insinúa usted que habría querido casarse…?

—Con Bob de Anseval, ¿por qué no?

—No voy a discutir esta cuestión, pero me parece una suposición muy audaz por su parte.

—No es esa la opinión de la criada.

—¿Ha interrogado usted a la criada a pesar…?

Estuvo a punto de añadir: «… de mis recomendaciones». Lo que significaba: «¡A pesar de mis órdenes!».

No lo hizo, y Maigret prosiguió:

—La he secuestrado incluso, en cierto modo. Está cerca de aquí.

—¿Le ha revelado algo?

—Nada preciso, salvo que a la señorita Gendreau se le había metido en la cabeza ser condesa.

Le Bret hizo un gesto de resignación. Evidentemente, le afligía comprobar la escasa dignidad de aquellos que pertenecían a su mundo.

—Admitámoslo entonces. Aunque eso no cambia en nada los acontecimientos. Usted admitirá a su vez que Bob pudo conducirse como un rufián.

—No sabemos nada sobre lo que ocurrió en la habitación, tan solo que se efectuó un disparo.

—Llega usted a las mismas conclusiones que yo. Un hombre se comporta como sabemos que ese individuo es capaz de hacerlo. El hermano de la muchacha está en la casa, así como el mayordomo. Ella pide socorro. Uno de ellos lo ha oído, sube precipitadamente las escaleras y, furioso, coge el revólver que, como usted dice, se encuentra sobre la mesilla de noche.

Maigret, ahora, parecía aprobar sus palabras. Pero replicó suavemente, dando chupadas a su pipa, una de las mejores que había fumado en su vida:

—¿Qué habría hecho usted en el lugar de ese hombre? Suponga que tiene aún en la mano el arma humeante, como dicen los periódicos. En el suelo, yace un hombre muerto o gravemente herido.

—Partiendo de la hipótesis del hombre herido, habría llamado a un médico.

—No lo hicieron.

—¿Por eso concluye usted que estaba muerto?

Maigret proseguía con su idea, pacientemente, como si reflexionase mientras hablaba.

—En ese momento llaman a la puerta de la calle. Es un transeúnte, que ha oído los gritos.

—Admita usted, amigo Maigret, que a nadie le gusta que un recién llegado se meta en sus asuntos.

—Gritan en el hueco de la escalera: «¡Dese prisa, Louis!». ¿Qué significa eso?

Maigret apenas se daba cuenta de que era él quien dirigía la conversación y que los papeles se habían cambiado y que su jefe se mostraba cada vez más molesto.

—El hombre podía no estar muerto aún. O bien Lise era presa de un ataque de nervios. No lo sé. Supongo que en momentos así uno puede enloquecer.

—Louis arrojó al intruso de un puñetazo en pleno rostro a la calle.

—Hizo mal.

—Y nadie se dejó dominar por el miedo. Evidentemente, pensaron que el tipo a quien acababan de golpear alertaría a la policía, que se presentaría allí para pedir explicaciones.

—Lo que hizo usted.

—Solo disponían de unos minutos. Podrían haber llamado ellos mismos a la policía y decirle: «Ha ocurrido una desgracia en nuestra casa. No se ha producido ningún crimen, sino un accidente. Nos hemos visto obligados a disparar sobre un energúmeno que nos amenazaba».

»Yo creo que así habría actuado usted, señor comisario.

¡Cómo cambiaba la situación el estar allí, en su habitación, en su cama, en lugar de en el despacho! Detrás de la puerta acolchada del comisario, no se habría atrevido a decir la cuarta parte de lo dicho. Le dolía terriblemente la cabeza, pero eso era secundario. En la cocina, la señora Maigret debía de estar asustada al oírlo hablar con tanta seguridad. Se volvía incluso agresivo.

—Pues bien, señor comisario, eso es precisamente lo que no hicieron. Y lo que hicieron fue: primero, transportaron el cadáver o al herido Dios sabe adónde. Probablemente a una de las habitaciones que están encima de las caballerizas, puesto que son las únicas en las que no me permitieron entrar.

—Eso es tan solo una suposición suya.

—Basada en que el cuerpo ya no estaba allí cuando yo llegué.

—¿Y si Bob se hubiera marchado por sus propios medios?

—Entonces, su amigo Dédé no habría tenido ayer cincuenta mil francos en el bolsillo, y, sobre todo, no habría decidido marcharse a Bélgica en compañía de Lucile.

—Quizá tenga usted razón.

—Así, esa gente de la calle Chaptal dispuso casi de media hora. Eso les bastó para poner las cosas en su sitio y borrar cualquier huella de lo ocurrido. Y tuvieron una idea genial. La mejor manera de desacreditar el testimonio del flautista, de que creyesen que se trataba de imaginaciones de un borracho, ¿no era demostrar que la habitación que este señalaba estaba desocupada? Eso presentaba, además, otra ventaja. Quizá Lise Gendreau, a pesar de todo, tenía los nervios de punta, como se dice vulgarmente. ¿Mostrarla en su cama y pretender que dormía? ¿Mostrarla levantada y afirmar que no había oído nada? Era igualmente arriesgado.

»Así que la metieron en una alcoba de criada milagrosamente vacía. ¿Iba un pobre tipo de la comisaría a notar alguna diferencia?

»Bastaba pretender que estaba ausente, que se encontraba en su castillo del Nièvre. No oyeron nada. No vieron nada. ¿Un disparo? ¿Dónde? La gente que deambula por la calle a la una de la madrugada está generalmente sobreexcitada. Mañana será de día. ¿Quién se atreverá a acusar a los Gendreau-Balthazar?

—Es usted implacable, Maigret.

Le Bret se levantó soltando un suspiro.

—Pero quizá tenga usted razón. Ahora mismo iré a hablar con el jefe de la Dirección General de Seguridad.

—¿Cree usted que es indispensable hacerlo?

—Si se ha cometido realmente un asesinato, y ha conseguido usted casi convencerme de ello…

—¡Señor comisario! —exclamó Maigret en un tono más suave, casi suplicante.

—Le escucho.

—¿No podría usted esperar veinticuatro horas?

—Hace un momento me recriminaba usted no haber actuado antes.

—Le aseguro que ya puedo levantarme de la cama. Mire.

Y, a pesar del gesto de protesta de Le Bret, salió de entre las sábanas algo aturdido, y se mantuvo en pie; con todo, se sentía incómodo por estar en camisa de dormir delante de su jefe.

—Es mi primera investigación.

—Y lo felicito por el celo que…

—Si se lo comunica a la Dirección General de Seguridad, será la brigada del jefe quien se encargará de finalizar la investigación.

—Probablemente. Ante todo, si han asesinado a Bob, primero habrá que encontrar el cadáver.

—Puesto que ya está muerto, Bob puede esperar, ¿no cree?

Los papeles se intercambiaban una vez más, y ahora era el comisario quien sonreía, volviendo la cabeza.

Maigret, tan vehemente hacía un rato, de pronto parecía, con su camisa de dormir con el cuello bordado de rojo, un niño grande al que se priva de una alegría que estaba esperando.

—No necesito este chisme en la cabeza.

E intentó arrancarse el vendaje.

—Puedo salir a la calle y terminar la investigación si ayuda de nadie. Tan solo necesito que me autorice usted para interrogar a Dédé y a Lucile. Sobre todo a Lucile. ¿Qué han declarado?

—Esta mañana, cuando el comisario en servicio a esas horas ha interrogado a Dédé, este le ha preguntado: «¿Ha muerto Jules?». Supongo que se refería a usted.

—Si mañana a estas horas no he tenido éxito, puede usted pasar la investigación a la Dirección General de Seguridad.

Alarmada, la señora Maigret había entreabierto la puerta y permanecía al acecho, con la mirada fija en su marido, que seguía de pie.

En ese momento llamaron a la puerta. Atravesó la habitación para ir a abrir y en el descansillo se oyeron cuchicheos.

Cuando regresó sola, Maigret preguntó:

—¿Quién es?

Ella le hizo una seña, que él no entendió, y, como Maigret insistía, finalmente dijo:

—El músico.

—Me voy —dijo Le Bret—. Y, siendo honesto conmigo mismo, no puedo negarle lo que usted me pide.

—Discúlpeme, señor comisario. Querría… Dado el giro que han tomado los acontecimientos y dado también que eso haría la Dirección General de Seguridad, ¿me autoriza usted, si es necesario, a que visite a la señorita Gendreau?

—Supongo que se mostrará usted respetuoso. Sea prudente, a pesar de todo.

Maigret estaba radiante. Oyó la puerta cerrarse y, mientras buscaba su pantalón, Justin Minard entró en la habitación seguido de la señora Maigret. El músico tenía un aspecto lastimoso, inquieto.

—¿Está usted herido?

—Poca cosa.

—Tengo una mala noticia que darle.

—Diga.

—La chica se ha largado.

Maigret estuvo a punto de echarse a reír por lo graciosa que resultaba la cara del flautista.

—¿Cuándo?

—Anoche o, mejor dicho, esta noche. Insistió en acompañarme a la cervecería Clichy, con la excusa de que la música la volvía loca y que deseaba oírme tocar.

La presencia de la señora Maigret hacía que la confesión resultase aún más difícil, cosa que ella entendió enseguida, y desapareció de nuevo en la cocina.

—Estaba sentada en el mismo sitio que usted cuando fue a verme. Y yo estaba muy nervioso. No había ido a mi casa a cenar y no había aparecido por allí en todo el día, así que esperaba que mi mujer se presentase en cualquier momento.

—¿Y fue?

—Sí.

—¿Y las dos se enfrentaron?

—Llegó justo entre dos interpretaciones. Yo estaba sentado a la mesa con la chica. Mi mujer le arrancó el sombrero y luego la cogió del pelo.

—¿Las echaron a la calle?

—A las dos. Yo subí de nuevo al estrado. La orquesta tocaba para atenuar el escándalo, como cuando un barco está a punto de hundirse. Desde el interior, se oía la pelea, que seguía en la calle. Cuando la orquesta dejó de tocar, el dueño del local me pidió que me reuniese con «mi harén»; así lo dijo.

—¿Lo esperaban fuera?

—Una sola. Mi mujer. Me llevó a casa. Guardó mis zapatos en un armario, que cerró con llave para que no pudiera salir, pero, a pesar de todo, conseguí salir hace una hora; le pedí prestados los zapatos al portero. Germaine ya no estaba en el hotel. Fue a recoger su maleta. —Y concluyó—: ¿Qué hacemos ahora?

# 8

## Uno calla, otro habla demasiado

—Al menos, hazme el favor de ponerte el abrigo grueso —insistió la señora Maigret.

En aquella época, Maigret poseía dos abrigos: uno grueso, con cuello de terciopelo, que ya tenía tres años, y uno más ligero color arcilla, muy corto, que se había comprado recientemente y con el que soñaba desde su adolescencia.

Sospechaba que su mujer había cuchicheado al oído de Minard, cuando ambos se disponían a irse: «Sobre todo, no lo deje solo».

Aunque se burlaba un poco del flautista, ella lo apreciaba. Le parecía un hombre dulce, cortés y prudente. El cielo estaba cubriéndose de nubes ligeras, esponjosas, de un hermoso gris pálido, y pronto llovería por primera vez desde hacía unos diez de días, en forma de chaparrones, en grandes ráfagas de lluvia tibia, que harían que Maigret acabase todo húmedo bajo el abrigo y que oliese a animal mojado.

Llevaba su sombrero hongo en la mano, porque no podía ponérselo mientras llevase aquel enorme vendaje en la cabeza. Minard lo acompañó a la consulta del médico, al

bulevar Voltaire, donde consiguió que le pusiesen un vendaje más discreto.

—¿Es realmente indispensable que vaya usted al centro?
—le preguntó el médico, que le dio una cajita de cartón que
contenía píldoras impregnadas en polvo amarillo—. En el
caso de que se sienta usted algo mareado.

—¿Cuántas puedo tomar?

—Máximo cuatro o cinco repartidas durante el día. No
debe tomar más. Aunque preferiría que permaneciese usted en cama.

Maigret no sabía muy bien qué hacer con el músico y
tampoco deseaba afligirlo enviándolo a su casa, ahora que
no lo necesitaba.

Dejó que creyese que la misión que tenían entre manos
era realmente importante, y lo envió a la calle Chaptal.

—Enfrente, o casi enfrente de la casa que usted sabe,
hay un pequeño restaurante, el Vieux Calvados. Me gustaría
que se quedara usted allí y que observase lo que ocurre en
casa de los Gendreau.

—¿Y si de pronto usted se encuentra mal?

—No estaré solo.

Minard no lo dejó hasta la puerta del calabozo de la prefectura, en el Quai de l'Horloge. En ese momento, Maigret
todavía sentía una gran confianza en sí mismo. Incluso el
olor de la oscura bóveda del portal le producía una gran satisfacción. El lugar era sucio, sórdido. Era allí donde cada
noche los agentes llevaban a cuantos resultaban sospechosos
y que habían recogido en la vía pública, y donde los coches
celulares vaciaban la miseria que habían recolectado en el
transcurso de las redadas.

Entró en el cuerpo de guardia, que olía a cuartel, y preguntó si el comisario podía recibirlo. Le pareció que lo miraban de un modo curioso. No se paró demasiado tiempo en analizar esa impresión. Se dijo que, evidentemente, la gente de ese lugar consideraba insignificante a un simple adjunto de comisaría de barrio.

—Siéntese.

Eran tres agentes, uno de los cuales escribía mientras los otros dos no hacían nada. El despacho del comisario estaba justo al lado, pero nadie fue a avisarlo, nadie se interesó por Maigret; lo trataban como si no fuera de la profesión. Le resultó tan molesto que dudó en llenar su pipa.

Tras un cuarto de hora esperando, por fin se atrevió a preguntar:

—¿No está aquí el comisario?

—Está ocupado.

—¿Dónde está la gente a la que han recogido esta noche? —preguntó, pues al pasar no había visto a nadie en la amplia sala donde amontonaban la caza.

—Arriba.

No se atrevió a pedir permiso para subir. Arriba estaba el servicio antropométrico. Se los hacía subir en fila, como en la escuela. Les pedían que se desnudaran del todo, uno tras otro. Luego los examinaban uno por uno, para anotar sus tatuajes o cualquier señal distintiva, después de lo cual, una vez vestidos, pasaban a una sala donde los medían, luego a otra donde les hacían una foto y finalmente les tomaban las huellas dactilares.

¿Seguiría adoptando Dédé aquella actitud bravucona en la cola junto a los borrachos y los vagabundos?

Más adelante, cuando Maigret formase parte de la brigada del jefe, tendría derecho a ir y venir por todo el edificio.

En cuanto a las mujeres, un médico las examinaba en otra habitación, y las que estaban enfermas eran enviadas a la enfermería de Saint-Lazare.

—¿Está usted seguro de que el comisario sigue ocupado?

Hacía más de media hora que esperaba. Le pareció que los tres hombres intercambiaban una mirada divertida.

—Tendrá que esperar a que le llame.

—Pero no sabe que estoy aquí. Llevo una investigación de gran importancia. Debería saberlo.

—Usted es del barrio de Saint-Georges, ¿verdad?

Y uno de los agentes, el que escribía, echó una ojeada a un papel que estaba sobre la mesa.

—¿Jules Maigret?

—Sí.

—Tendrá que esperar, muchacho. No puedo hacer nada.

No se oía ningún ruido en la habitación contigua, donde se suponía que se encontraba el comisario. Cuando Maigret llevaba más de una hora esperando, apareció el comisario, que no salió de su despacho, sino que llegó del exterior.

—¿Es usted el adjunto de Le Bret?

Por fin le hacían caso, en vez de dejarlo en el extremo de un banco como si fuese pedigüeño que fuera a implorar algo.

—Veo que lo han herido, según parece.

—Nada grave. Quisiera…

—Estoy al tanto. Debe usted interrogar a un tal Dédé. Creo que ya lo han bajado. ¿Quiere usted asegurarse de ello, Gérard? Si está allí, llévelo a mi despacho. —Y a Maigret—:

Entre, se lo ruego. Le dejaré mi despacho para el interrogatorio.

—Tendré que interrogar también a la mujer.

—Entendido. Avise al sargento y se la llevará al despacho.

Había algo en todo aquello que no le cuadraba. Maigret pensó que las cosas sucederían de otro modo, pero aún no se sentía inquieto. Desconocía los protocolos del lugar y, además, se sentía impresionado por estar allí.

Un agente introdujo a Dédé y luego salió, así como el comisario, y cerraron la puerta.

—¡Hola, Jules!

El mecánico de la calle de las Acacias llevaba el mismo traje que la noche anterior. Le habían quitado, siguiendo el reglamento, la corbata y los cordones de las botas, lo que le daba un aspecto algo desaliñado. Maigret, vacilante, se sentó a la mesa del comisario.

—Me alegra ver que no salió usted tan mal parado del enfrentamiento —dijo Dédé—; puede usted preguntárselo a estos señores: en cuanto llegué aquí, quise saber cómo se encontraba usted.

—Sabía usted quién era yo, ¿verdad?

—¡Pues claro!

—Y yo —dijo Maigret con sencillez— me di cuenta de que usted lo sabía.

—Entonces ¿ya se imaginaba usted que le partiríamos la cara? ¿Y si lo hubiéramos matado?

—Siéntate.

—Bueno, le permito que me tutee.

Maigret aún no estaba acostumbrado a tutear a la gente, pero sabía que esa era la costumbre de la policía.

—Sé otras muchas cosas, así que creo que podremos entendernos.

—Me sorprendería.

—El conde está muerto.

—¿Usted cree?

—La noche del quince al dieciséis de abril llevaste al conde, en tu coche, a la calle Chaptal y lo esperaste con el motor encendido.

—No lo recuerdo.

—Una ventana se abrió, una mujer gritó y se produjo un disparo. Entonces te marchaste en dirección a la calle Fontaine. Diste la vuelta a la manzana. Te paraste un buen rato en la calle Victor-Massé y pasaste de nuevo por la calle Chaptal, para ver si Bob había salido.

Dédé lo miraba con expresión tranquila y sonriente.

—Continúe —dijo—. ¿Tiene usted un cigarrillo? Esos cerdos me han quitado todo lo que llevaba en los bolsillos.

—Solo fumo pipa. Tú sabías lo que el conde iba a hacer a la casa de los Gendreau.

—Dígamelo pues.

—Te diste cuenta de que había ocurrido algo feo. Al día siguiente no leíste nada en los periódicos. El conde no regresó. Dos días después seguía sin haber noticias de él.

—Empieza usted a despertar mi interés.

—Rondaste de nuevo por la calle. Luego, adivinando lo que había ocurrido, fuiste a ver a Richard Gendreau, no a su casa, sino a su despacho.

—¿Y qué le dije a ese señor?

—Que permanecerías callado si te daba cierta suma de dinero, unos cincuenta mil francos probablemente. Porque sabías lo que había ido a hacer Bob a la calle Chaptal; por tanto, también sabías por qué lo habían matado.

—¿Eso es todo?

—Eso es todo.

—¿Qué me propone usted?

—Nada. Que hables.

—¿Qué quiere usted que le diga?

—El conde conocía a los Gendreau. Había visitado varias veces a la señorita Gendreau. ¿Eran amantes?

—¿Usted llegó a conocer a Bob?

—No.

—Si lo hubiera conocido, no me haría esa pregunta. No era hombre que dejase pasar una ocasión.

—Pensaban casarse, ¿verdad?

—¿Sabe que siento simpatía por usted? Se lo decía precisamente a Lucile. ¡Lástima que sea policía! ¡Qué idea la de hacerse policía cuando se tiene tan buena planta como usted y además es trabajador!

—¿Prefieres la cárcel?

—¿A qué?

—Si hablas, es probable que no tengan en cuenta el chantaje que le hiciste a Richard Gendreau.

—¿Cree usted que presentará una denuncia?

—Tampoco se tendrá en cuenta el intento de asesinato del que he sido víctima.

—Escucha, Jules: estoy claramente en desventaja. No gastes saliva, me da dolor de tripas. Eres un buen tipo. Quizás un día volvamos a encontrarnos y nos tomemos unas copas de vino. Pero aquí no estamos en un plano de igualdad. Para ellos, eres como un monaguillo. Te engañarán siempre que quieran.

—¿Quién?

—¡Poco importa! Te diré solamente una cosa: Bob era un tipo estupendo. Tenía ideas propias sobre cómo había que vivir la vida. No podía ver algunas caras ni en pintura. Pero era incapaz de jugarte una mala pasada. Que te quede claro.

—Ha muerto.

—Es posible. No sé nada. O, si sé algo, eso no le importa a nadie. Ahora te diré algo como amigo: «¡Déjalo estar!».

»¿Entiendes? ¡Déjalo estar, Jules! No tengo nada más que decir. Y no diré nada. Este asunto te sobrepasa. De hecho, nos sobrepasa a los dos.

»No sé nada, ni he visto ni oído nada. ¿Los cincuenta mil francos? Seguiré insistiendo el tiempo que haga falta que los gané en Longchamps.

»En cuanto a salir de aquí, ya veremos, ¿verdad? —Esbozó una extraña sonrisa—. Ahora, si quieres ser buena persona, no molestes demasiado a la pobre Lucile. Quería de verdad a Bob, ¿entiendes eso? Se puede ser una mujer de la vida y querer a un hombre. No la atormentes, y quizás un día podré devolverte el favor. Eso es todo.

Dédé se había levantado y, por iniciativa propia, se dirigió hacia la puerta.

—¡Dédé! —llamó Maigret, levantándose a su vez.

—Se acabó. Cierro el pico. No diré una sola palabra más.

Y Dédé abrió la puerta y llamó a los agentes.

—Hemos terminado —dijo con una sonrisa burlona.

En cuanto al sargento, le preguntó a Maigret:

—¿Le traigo a la mujer?

Lucile se negó a sentarse y permaneció ante la mesa.

—¿Sabe usted en qué circunstancias murió Bob?

Ella soltó un suspiro.

—No sé nada.

—Lo asesinaron en una casa de la calle Chaptal.

—¿Usted cree?

—Era el amante de una joven.

—No soy celosa.

—¿Por qué no quiere usted hablar?

—Porque no tengo nada que decir.

—Si usted hubiera sabido que Bob estaba vivo, no habría intentado marcharse a Bélgica.

Lucile permaneció callada.

—¿Por qué no quiere usted que se haga justicia con su muerte?

Se mordió el labio y volvió la cabeza.

—¿Prefiere usted algunos billetes de banco a que se condene a su asesino?

—No tiene usted derecho a decir eso.

—Entonces hable.

—No sé nada.

—¿Y si yo la ayudase?

—Tampoco diría nada.

—¿A quién ha visto usted desde que está aquí dentro?

Por fin Maigret comprendió. Si lo habían hecho esperar, no era porque el comisario estuviera ocupado. El departamento de la policía científica, en la planta de arriba, comunicaba con el Quai des Orfèvres.

¿Habría pasado Dédé por antropometría? ¿Habría sometido a Lucile al examen médico? No era probable.

Lo que era casi seguro es que alguien los había interrogado, alguien de la Dirección General de Seguridad.

Cuando Maigret había llegado, hacía una hora por lo menos que Le Bret había abandonado el bulevar Richard-Lenoir.

Costaba creerlo y, sin embargo ¿el propio Dédé no le había dado a entender que lo estaban engañando?

Salió del despacho y creyó ver algunas sonrisas. Casualmente, el comisario que estaba de servicio regresaba en ese momento.

—¿Cómo ha ido, amigo mío? ¿Ha habido éxito? ¿Han hablado?

—¿Qué piensa usted hacer con ellos?

—Aún no lo sé. Espero órdenes.

—¿De quién?

—De arriba, como de costumbre.

—Muchas gracias.

Cuando se encontró de nuevo en la calle, en el momento en que caía un chaparrón, Maigret se sintió tan desanimado que a punto estuvo de presentar su dimisión al comisario.

«Para ellos, eres como un monaguillo», le había dicho el mecánico mostrando cierta lástima por él.

¡Él, que con tanta ilusión habría deseado pertenecer al Quai des Orfèvres, de donde salía con la cabeza baja y asqueado!

Entró en la cervecería Dauphine, donde siempre había algunos inspectores del Quai des Orfèvres tomando una copa. Los conocía de vista, pero, a sus ojos, él no era digno de interés.

Tomó primero una de las píldoras que el médico le había dado con la esperanza de que aquello le levantara los ánimos y se bebió un gran vaso de vino.

Los veía alrededor de una mesa, un poco desaliñados, con gran aplomo. Ellos podían entrar en todas partes, lo sabían todo, intercambiaban información sobre las investigaciones en curso.

¿Maigret aún sentía deseos de formar parte de aquello? ¿Acaso no estaba descubriendo que la idea que se había hecho de la policía era falsa?

Después de tomarse un segundo vaso, estuvo a punto de ir a ver a su protector el jefe máximo, Xavier Guichard, y decirle todo lo que sentía en aquel momento.

Lo habían engañado. Cuando Le Bret lo visitó en su casa, fue con la intención de sonsacarle todo lo que Maigret sabía. Su coche esperaba en la puerta. Sin duda se había dirigido directamente al Quai des Orfèvres y no lo habrían hecho esperar, como a él.

«Mi adjunto está furioso. Meterá la pata y eso nos traerá problemas».

¿Quién sabe si no se habría dirigido más alto aún, al prefecto de policía, por ejemplo, o al ministro del Interior?

¿Quizás, después de todo, el ministro del Interior formaba parte también de los invitados habituales de la calle Chaptal?

Si habían dejado que Maigret llevase la investigación —¡y qué insistencia en que se mostrase prudente!—, se debía, ahora ya estaba seguro de ello, a que sabían de antemano que se estrellaría.

«¿Quiere usted interrogar a Dédé? ¿Por qué no? Hágalo, amigo mío».

Pero poco antes habían aleccionado al mecánico. Dios sabe qué le habrían prometido para que cerrase el pico. Era fácil conseguirlo. No era su primera condena. En cuanto a Lucile, si abría la boca, siempre podían encerrarla en Saint-Lazare una temporada.

«Para ellos, eres como un monaguillo».

Soltó una risa sarcástica, porque, en su pueblo, había sido monaguillo.

Lo llenaban todo de porquería, ensuciaban *su* policía. No estaba molesto por que no reconocieran su pequeño éxito. Era un sentimiento mucho más profundo y se parecía al de un desengaño amoroso.

—¡Camarero!

Estuvo a punto de tomar una tercera copa, pero cambió de opinión y salió con la sensación de que los otros cuatro agentes, desde su mesa, lo miraban con ironía.

Sabía que, de ahora en adelante, la investigación estaba contaminada. ¿Qué podía hacer? Ir a reunirse con el flautista. Porque ese era la única baza que poseía: ¡un flautista! Y precisamente Le Bret le había pedido ya el primer día que investigara a Justin Minard

Si Maigret mostraba su enfado, tal vez dirían que el golpe que había recibido en la cabeza lo había perturbado.

Subió a un autobús que pasaba y permaneció en la plataforma malhumorado, respirando el olor a perro mojado que impregnaba su abrigo. Sentía calor. ¿Quizá tenía algo de fiebre?

En la calle Chaptal estuvo a punto de dar media vuelta al pensar en Paumelle, el dueño del Vieux Calvados, que lo había mirado, él también, con aire protector.

Tal vez ellos tenían razón. Quizás, después de todo, él se había equivocado pensando que poseía ciertas aptitudes para ser un buen policía, y al final había resultado no ser así.

¡Sin embargo, sabía muy bien qué habría hecho si no se lo hubiesen impedido! Habría conocido, de aquella casa que contemplaba ahora desde la acera, todos sus rincones, así como también a sus habitantes, y descubierto toda la verdad, desde la época del viejo Balthazar, que ya había muerto, hasta el momento presente, respecto a Lise o a Louis.

Lo que había ocurrido durante la noche del 15 al 16 no era lo más importante de todo aquel asunto, porque solo suponía la culminación de algo. Resultaría fácil, cuando conociese a fondo a todos aquellos personajes, reconstruir sus idas y venidas.

Salvo que esa casa, al igual que la de la avenida del Bois de Boulogne, era una fortaleza en la que no le dejaban entrar. A la menor alerta, acudían de todas partes para socorrerlos. Dédé, de pronto, permanecía en silencio, y Lucile se resistía al deseo de vengar la muerte de Bob.

Se sorprendió hablando solo mientras caminaba y se encogió de hombros. Empujó con fuerza la puerta del pequeño restaurante.

Justin estaba allí, de pie ante el mostrador, con un vaso en la mano. Había tomado el relevo a Maigret en su conversación con Paumelle, quien no manifestó ninguna sorpresa al ver al recién llegado.

—Lo mismo —dijo el policía.

La puerta cochera estaba abierta de par en par. La lluvia remitía y se veía el reflejo del sol en las gotas de agua. El suelo estaba reluciente, pero se notaba que pronto se secaría.

—Sabía que volvería usted por aquí —dijo el dueño—. Lo que me sorprende es que no esté con esos señores.

Maigret se volvió de pronto hacia Justin Minard, que parecía titubear y que por fin dijo:

—Hay mucha gente en la casa. Han llegado hace una media hora.

No se veían coches en la calle. Los visitantes habrían acudido en coches de punto.

—¿Quiénes son?

—No los conozco; aunque parece que se trate de una intervención del juzgado. Hay un señor con barba blanca, acompañado por un joven empleado, quizás el procurador y su escribano.

Apretando el vaso entre sus dedos crispados, Maigret preguntó:

—¿Y quién más?

—Gente a la que no he visto nunca.

Justin, por delicadeza, no dijo lo que pensaba, y fue Paumelle quien refunfuñó:

—Colegas suyos. No de la comisaría, sino del Quai. A uno lo he reconocido.

¡Pobre Minard! No sabía dónde mirar. Era como si Maigret también lo hubiese engañado. Este le había dejado creer que era él quien dirigía la investigación, y el flautista lo había ayudado de todo corazón.

Y de pronto constataba que Maigret ya no formaba parte de aquel asunto; ni siquiera lo tenían al corriente de lo que ocurría. Una vez más Maigret estuvo a punto de irse, volver a su casa, redactar rabiosamente su carta de dimisión y meterse en la cama. La cabeza le ardía y sentía punzadas dolorosas. El dueño tenía una botella de calvados en la mano y asintió con la cabeza.

¡Tanto peor! Lo habían engañado con todas las de la ley. Tenían razón. Para ellos, era un como monaguillo.

—Germaine está en la casa —murmuró Minard—. La he visto al lado de la ventana.

¡Por supuesto! Ella también estaba allí; era de esperar. Quizá la muchacha no era muy inteligente, pero tenía olfato, como todas las mujeres. Se había dado cuenta de que estaba en el lado equivocado, que Maigret y su flautista no eran más que fantoches.

—¡Voy para allá! —decidió de repente, y dejó su vaso sobre el mostrador.

Tenía tanto miedo de echarse atrás que se apresuró a cruzar la calle. Al llegar al portal, vio a dos hombres que cavaban en un rincón del jardín. A la izquierda, delante de la puerta que daba al vestíbulo, un inspector estaba de guardia.

—Pertenezco a la comisaría del barrio —dijo Maigret.

—Hay que esperar.

—¿Esperar a qué?

—A que esos señores terminen.

—Pero soy yo quien lleva esta investigación.

—Es posible, pero obedezco órdenes, muchacho.

¡Otro del Quai des Orfèvres!

«Si alguna vez formo parte de la Dirección General de Seguridad —se dijo Maigret, olvidando ya su firme propósito de dejar la policía—, juro no mostrar ningún tipo de desprecio hacia los pobres tipos de las comisarías de barrio».

—¿El procurador?

—Todos esos señores.

—¿Está ahí mi comisario?

—No lo conozco. ¿Cómo es?

—Viste levita gris. Alto y delgado, con un fino bigote rubio.

—No lo he visto.

—¿Quién ha venido del Quai?

—El comisario Barodet.

Era aquel cuyo nombre se leía con más frecuencia en los periódicos. Para Maigret, quizás fuera el hombre más prestigioso del mundo, con su rostro perfectamente afeitado, que recordaba a un mayordomo; sus pequeños ojos inquisitivos, que parecían siempre mirar a otra parte.

—¿El cadáver?

El policía dudaba en contestar y solo lo hacía en tono condescendiente.

—¿Está Richard Gendreau en la casa?

—¿Cómo es?

—Moreno, con una nariz larga y torcida.

—Está dentro.

Luego Gendreau no había ido a la oficina, o bien había acudido de allí de forma precipitada.

Justo en aquel momento, un coche de punto se paró en la calle. Una joven se apeó de él y se dirigió corriendo hacia la puerta, ante la cual conversaban los dos hombres.

No debió de ver a Maigret.

—Señorita Gendreau —murmuró ella en un tono seco.

El inspector se apresuró a abrirle.

—Tenía órdenes —le confesó el inspector a su colega.

—¿La esperaban?

—Solo me dijeron que la dejara entrar.

—¿Ha visto usted al mayordomo?

—Es él quien está en estos momentos con esos señores. ¿Está usted al tanto de lo ocurrido?

—Un poco —respondió Maigret, tragándose su humillación.

—Parece ser que se trata de un indeseable.

—¿Quién?

—El que mató el criado.

Maigret lo miró boquiabierto.

—¿Está usted seguro?

—¿De qué?

—De que Louis ha...

—Mire, no sé siquiera quién es Louis. Solo he oído retazos de conversación. Lo único que sé es que tengo que evitar que se formen multitudes.

Uno de los hombres que cavaba y pertenecía seguramente a la policía entró en el porche. El que permanecía en el jardín debía de ser el mayordomo. El primero tenía barro en las manos y en las suelas de los zapatos, y su rostro mostraba una expresión de asco.

—¡No es agradable verlo! —exclamó al pasar.

Le abrieron la puerta y desapareció en el interior de la casa. El poco tiempo que la puerta permaneció entreabierta permitió a Maigret ver a Lise Gendreau y a su hermano que, de pie, conversaban en el vestíbulo. Los otros, los del juzgado, debían de encontrarse en uno de los salones, cuya puerta habían cerrado.

—¿Lo han citado? —preguntó el policía a Maigret, que manifestaba ostensiblemente su impaciencia.

—No lo sé.

Tenía los ojos húmedos. Nunca se había sentido tan humillado.

—Yo creo que tienen sobre todo miedo de los periodistas. Por eso toman tantas precauciones. Lo gracioso es que, en casa, bebemos café Balthazar. No podía imaginarme que un día…

Debían de telefonear mucho en el interior de la casa, porque se oía a menudo un chasquido o un timbre.

—Si es su comisario quien lo envía, puedo avisarlo de que está usted aquí.

—No vale la pena.

El otro se encogió de hombros. No entendía nada, y aún menos cuando vio que Maigret se tomaba una píldora.

—¿No se encuentra bien?

—¿No sabe usted cómo ha empezado todo?

—¿Cómo ha empezado qué?

—¿No estaba usted en el Quai des Orfèvres?

—Sí. Estaba a punto de ir de vigilancia al barrio de La Villette. El comisario Barodet estaba interrogando a un tipo.

—¿Uno pequeño, con traje a cuadros?

—Sí. Un tipo espabilado y con carácter.

—¿Telefonearon al comisario?

—No. Lo llamó el gran jefe. Incluso durante ese tiempo lo estuve vigilando. Un tipo divertido. Me pidió un cigarrillo, pero yo no tenía.

—¿Y después?

—Cuando el señor Barodet volvió, se encerró todavía un momento con el hombre del traje a cuadros, después de habernos dicho que estuviéramos listos.

—¿Quiénes?

—Los de la brigada. Hemos venido tres, además del comisario. Los otros dos están dentro. El que cavaba es Barrère, quien recibió un balazo hace un mes, al detener al polaco de la calle Caulaincourt.

Cada palabra causaba un efecto en Maigret. Este se imaginaba el despacho de los inspectores, la autoridad amistosa de Barodet, quien llamaría a sus agentes «hijos míos».

¿Por qué le habían tratado así a él? ¿Acaso había cometido alguna falta? ¿O tal vez no se había mostrado incompetente? ¿No había actuado con la mayor discreción?

Cuando el comisario Le Bret lo había dejado en el bulevar Richard-Lenoir, parecía haberle dado carta blanca en la investigación. Pero ¡luego Le Bret se había precipitado al Quai des Orfèvres! ¿Y tal vez estaba allí ahora?

—En definitiva, ¿el mayordomo ha confesado?

—Eso es lo que he creído comprender. En todo caso, tiene cara de pocos amigos.

—Ya no entiendo nada.

—¿Acaso pretendía entender algo?

Quizás esa fue la primera y auténtica lección de modestia que Maigret recibió. El inspector era mayor que él. Había pasado ya la treintena. Poseía esa calma, esa especie de indiferencia de los que ya han visto mucho. Fumaba su pipa a pequeñas chupadas, sin intentar oír lo que se decía en el interior.

—Esto siempre es mejor que estar de vigilancia Dios sabe cuánto tiempo en un callejón sin salida de La Villette.

En aquel momento un coche se detuvo junto a la acera. Un joven médico con barba morena se bajó de él con presteza, llevando en la mano un maletín. Maigret lo reconoció gracias a las fotografías publicadas en los periódicos. Era el doctor Paul, el médico forense, que se estaba convirtiendo en alguien muy conocido.

—¿Dónde están esos señores?

—Por aquí, doctor. El cadáver está en el jardín, pero supongo que primero desea usted ver al procurador.

Todo el mundo entraba en el santuario, salvo Maigret, condenado a reconcomerse bajo el portal.

—Ya verá —dijo el otro— como esto solo dará para tres líneas en los periódicos.

—¿Por qué?

—¡Porque sí!

Y por la noche, en efecto, podía leerse en *La Presse*:

> Un ladrón se introdujo en la noche del 15 al 16 de este mes en el domicilio de la familia Gendreau-Balthazar, calle Chaptal. El mayordomo Louis Viaud, de cincuenta y seis años, nacido en Anseval, Nièvre, lo mató de un tiro en el pecho.

En aquel momento, Maigret estaba en la cama con treinta y nueve de fiebre, y la señora Maigret no sabía cómo deshacerse del flautista, que no acababa de salir de la habitación y que tenía más que nunca el aspecto de un perro perdido.

# 9

## Un almuerzo en el campo

Aquello duró tres días. Primero, Maigret confiaba en estar realmente mal y que aquello *los* fastidiaría. Pero lo único que había descubierto la primera mañana, al abrir prudentemente los ojos, era que tenía un fuerte catarro.

Entonces fingió. Incluso frente a su mujer, era ridículo tener un simple catarro, de modo que se quejó, tosió y dijo que le dolía el pecho.

—Voy a ponerte una cataplasma, Jules. Eso evitará una posible bronquitis.

Seguía tan animada como siempre. Lo cuidaba con ternura. Podría decirse que lo mimaba. Sin embargo, Maigret tenía la impresión de que ella no se dejaba engañar.

—Entre, señor Minard —le oyó decir a su mujer en el vestíbulo—. No, no ha empeorado. Le ruego tan solo que no lo canse demasiado.

Lo que significaba que ella también entraba en ese juego.

—¿Qué temperatura tiene? —preguntó el flautista, angustiado.

—No demasiado preocupante.

Y tenía buen cuidado de no decirla, porque apenas si llegaba a los treinta y siete grados.

A la señora Maigret le entusiasmaba preparar tisanas, cataplasmas, caldos y huevos batidos con leche. Le gustaba también correr las cortinas con cuidado y caminar de puntillas, entreabriendo a veces la puerta para asegurarse de que él dormía.

¡Pobre Minard, cuya presencia ya no pintaba nada! Maigret estaba enfadado consigo mismo, porque realmente lo apreciaba. Le habría encantado hacer algo por él.

Llegaba hacia las nueve o las diez de la mañana. No llamaba, rascaba discretamente la puerta por si Maigret seguía dormido. Luego cuchicheaba, entraba rozando el marco de la puerta y se acercaba a la cama.

—No, no se mueva. He venido simplemente para saber cómo se encontraba hoy. ¿Me necesita para algo? ¡Me gustaría tanto serle útil!

Ya no se trataba de jugar a los detectives. Minard se refería a cualquier cosa que Maigret necesitase. Ofrecía también su ayuda a la señora Maigret:

—¿Me permite que le haga la compra? Soy un experto en eso, ¿sabe usted?

Al final, acababa por sentarse cerca de la ventana, en el extremo de una banqueta, con la intención de quedarse solo un momento, pero permanecía allí durante horas. Si le preguntaban por su mujer, respondía con viveza:

—Eso no tiene importancia.

Volvía al caer la tarde, vestido de etiqueta, porque ahora trabajaba en un salón de baile del bulevar Saint-Michel. Y ya no tocaba el contrabajo, sino el cornetín, lo que debía de ser duro para él, pues le dejaba una marca en forma de círculo rosado en mitad de la boca.

También Le Bret, todas las mañanas, le pedía a un ordenanza de la comisaría que fuese a informarse sobre su estado. La portera se había quedado decepcionada. Ella sabía, en efecto, que su inquilino era funcionario, pero Maigret nunca le había dicho que fuera policía.

—El comisario me envía para decirle que se cuide y que no se preocupe por nada. Todo va bien.

Entonces Maigret se sumergía aún más en su cama húmeda, envuelto en un grato olor de sudor. Era su modo de replegarse sobre sí mismo. Aún no sabía que aquello se convertiría en una costumbre, a la que recurriría frecuentemente en sus momentos de desánimo o apuro.

El desajuste temporal se producía casi de modo automático. Sus ideas no se volvían más claras, sino que se enturbiaban como cuando se tiene fiebre. Se deslizaba suavemente en un duermevela, y la realidad cobraba nuevas formas, se mezclaba con recuerdos de infancia; las sombras y las luces de su habitación también creaban un efecto especial, e incluso las flores del papel pintado, los olores de la cocina y los pasos quedos de la señora Maigret.

Empezaba siempre en el mismo punto, en el que retomaba a sus personajes situándolos como peones: el viejo Balthazar, los Gendreau, el padre, Lise y Richard, el castillo de Anseval, Louis, Germaine, la joven criada Marie.

Los hacía ir y venir, los deformaba. Luego le llegaba el turno a Le Bret saliendo del piso de Richard Lenoir, subiendo a su coche y diciéndole al cochero: «Al Quai des Orfèvres».

Tuteaba al gran jefe, a Xavier Guichard. Era en ese momento cuando la situación se volvía angustiosa. ¿Qué le decía Le Bret a Guichard, en aquel enorme despacho, donde Maigret había estado dos veces y que para él representaba el lugar más conmovedor del mundo?

«Mi adjunto, ese joven que usted me recomendó, lleva una investigación. Me he visto obligado a confiársela. Y creo que acabará metiendo la pata».

¿Le habría dicho eso? Posiblemente. Le Bret era, ante todo, un hombre de mundo. Practicaba esgrima todas las semanas en el círculo Hoche, frecuentaba los salones de la alta sociedad, asistía a todos los estrenos y se mostraba en las carreras con chistera gris.

Pero ¿y Xavier Guichard? Era amigo del padre de Maigret y pertenecía a la misma raza que aquel. No vivía en la plaza Monceau, sino en un pequeño piso del Barrio Latino, y pasaba más tiempo en compañía de sus libros que junto a hermosas mujeres.

¡No, él no era capaz de jugarle a alguien una mala pasada ni de llegar a un acuerdo!

Sin embargo, había llamado a Barodet. ¿Qué órdenes le habría dado a este?

Y, si así era, entonces ¿no era Maigret quien se equivocaba? De acuerdo; no había terminado la investigación. No sabía quién había disparado al conde. Tampoco sabía por qué, pero habría conseguido averiguarlo.

Estaba seguro de haber hecho un buen trabajo en poco tiempo. La prueba es que a su comisario le había entrado miedo.

Entonces ¿por qué?

Los periódicos ya no hablaban del caso, sobre el que habían echado tierra. Seguramente ya habían trasladado el cuerpo de Bob al depósito para la autopsia.

Se encontraba de nuevo en el patio de la calle Chaptal, detrás de los otros, detrás de aquellos señores que lo ignoraban. Barodet, que no lo conocía en persona, seguramente lo había tomado por alguien de la casa. El procurador, el juez de instrucción y el escribano habrían creído que era uno de los hombres de Barodet.

Solo Louis le había lanzado una mirada burlona. Sin duda estaba al corriente, por Germaine, de su actividad.

Todo aquello resultaba humillante, desalentador. Había momentos en los que, con los ojos cerrados, el cuerpo húmedo, trazaba mentalmente el plan de la investigación ideal.

«La próxima vez haré esto y lo otro…».

Y de pronto, al cuarto día, se hartó de estar enfermo y, antes de la llegada del flautista, se levantó, se lavó con abundante agua, se afeitó con cuidado y se quitó el vendaje de la cabeza.

—¿Vas a la oficina? —le preguntó su mujer.

Le apetecía reencontrarse con aquel olor característico de la comisaría, con su mesa escritorio negro, con los personajes andrajosos sentados sobre el banco, ante la pared pintada de blanco.

—¿Qué le digo a Justin?

Ahora su mujer lo llamaban Justin, como a un amigo de la familia, como a un pariente lejano.

—Si quiere acercarse a la comisaría a la una, almorzaremos juntos.

No se había puesto bigotera para dormir, así que tuvo que levantarse las puntas del bigote con la tenacilla caliente. Recorrió la mayor parte del camino a pie para poder impregnarse de la atmósfera de los bulevares, y, poco a poco, el rencor que sentía fue disipándose en aquella mañana de primavera.

«¿Y qué más me da a mí esa gente?».

Los Gendreau en su fortaleza. El carácter del viejo que solo habían heredado las mujeres. Sus problemas con el testamento. Saber quién heredaría los cafés Balthazar…

Porque Maigret sabía que no se trataba tan solo de una cuestión económica. Cuando se posee una gran fortuna, ya no importa el dinero, sino el poder.

Se trataba de decidir quién lograría la mayoría de las acciones, quién presidiría el consejo de administración. ¿Lise? ¿Richard?

Debía de estar muy arraigado a su sangre para que una muchacha se olvidase de lo que significaba tener veintiún años y pensase únicamente en obtener el puesto de director, al igual que su madre hiciera antes que ella.

¡Ser el gran jefe o la gran jefa!

«¡Ya se apañarán!».

¡Pues claro! Eso mismo habían hecho. Y se había producido la muerte de alguien que nadie lloraba, era cierto, a excepción de una mujer de la calle que esperaba a los clientes en la avenida Wagram.

Maigret entró en la comisaría y estrechó la mano de sus colegas.

—Bertrand ha ido precisamente a su casa para ver cómo se encontraba usted.

No le dijo nada al comisario y se sentó en su sitio. A las diez y media Le Bret se asomó por la puerta acolchada y lo vio.

—¿Está usted aquí, Maigret? Pase.

El comisario se esforzaba en adoptar una actitud desenvuelta.

—Siéntese. Me pregunto si ha hecho bien volviendo usted tan pronto a la oficina. Quería proponerle que se tomase un permiso de convalecencia. ¿No cree usted que algunos días en el campo le sentarían bien?

—Me encuentro perfectamente.

—¡Mucho mejor! ¡Mucho mejor! A propósito, como sabrá, ese asunto ya se ha resuelto. Lo felicito, por cierto, porque casi dio con la verdad. Precisamente el día que fui a visitarlo a su casa, Louis llamó a la policía.

—¿Por iniciativa propia?

—Le confieso que no sé nada al respecto. Además, eso poco importa. Lo importante es que haya confesado. Debió de enterarse de que estaba usted investigando y comprendió que acabaría descubriendo la verdad.

Maigret miraba fijamente la mesa; su rostro no traslucía ningún sentimiento. Incómodo, el comisario prosiguió:

—En vez de acudir a nosotros, fue directamente a la prefectura. ¿Ha leído usted los periódicos?

—Sí.

—Evidentemente, la verdad se ha alterado algo. Era necesario hacerlo, y algún día entenderá usted por qué. Existen casos en los que el escándalo no nos conduce a nada, y la verdad, en toda su crudeza, causaría más daño que beneficio. Ahora escúcheme con atención. Los dos sabemos que el conde no entró en la casa para robar. ¿Tal vez lo estaban esperando? Lise Gendreau se mostró amable con él. Y he usado esta palabra en su mejor sentido.

»No olvide usted que ella nació en el castillo de Anseval y que existen vínculos entre la familia de él y la de Lise.

»Bob era un irresponsable. Se hundía cada vez más en el fango, en una especie de frenesí. ¿Tal vez ella intentó que fuese por el buen camino?

»Es la opinión de mi mujer, que conoce bien a Lise.

»Poco importa. ¿Estaba borracho aquella noche, como le ocurría a menudo? ¿Se condujo de un modo escandaloso?

»Louis ha sido bastante parco respecto a los detalles sobre lo sucedido. Oyó los gritos. Cuando entró en la habitación, Bob y Richard Gendreau estaban enzarzados en una pelea, y Louis creyó ver brillar un cuchillo en la mano del conde.

—¿Encontraron el cuchillo? —preguntó Maigret en un tono suave, sin dejar de fijar su atención en la mesa.

Parecía mirar con obstinación una pequeña mota sobre la madera caoba del mueble.

—No lo sé. Es Barodet quien ha llevado a cabo la investigación. El caso es que había un revolver sobre la mesita de noche, y que Louis, temiendo por la vida de su jefe, disparó.

»Ahora, amigo Maigret, dígame: ¿a quién habría beneficiado un escándalo? La gente no habría admitido la verdad. Vivimos en una época en que ciertas clases de la sociedad están demasiado en entredicho. El honor de la señorita Gendreau se hallaba en juego, porque es a su honor el que habrían atacado.

»De todos modos, estamos ante un caso de legítima defensa.

—¿Está usted seguro de que fue el mayordomo quien disparó?

—Tenemos su confesión. Piénselo, Maigret. Pregúntese cuáles habrían sido las reacciones de cierta prensa y las consecuencias de este asunto para una joven cuyo único error fue actuar de forma imprudente.

—Comprendo.

—La señorita Gendreau se ha marchado a Suiza, porque tiene los nervios destrozados, y allí descansará sin duda durante unos meses. Louis ha sido puesto en libertad y seguramente se beneficiará de un sobreseimiento. Su único delito fue el de perder el control de la situación y enterrar el cuerpo en el jardín en lugar de confesarlo todo enseguida.

—¿Lo enterró él solo?

—Póngase en el lugar de Richard Gendreau. Ya veo que aún no comprende usted, pero lo entenderá. Hay casos en los que no tenemos derecho…

Parecía buscar las palabras adecuadas. Maigret levantó entonces la cabeza para decir, en un tono neutro, casi cándido:

—¿A seguir lo que nos dicta nuestra conciencia…?

Entonces, de repente, Le Bret se volvió seco, arrogante, más arrogante que nunca.

—Tengo la conciencia tranquila —dijo en un tono tajante—, y le aseguro que es tan sensible como la de cualquiera. Es usted joven, Maigret, muy joven, y esa es la única razón por la que no puedo guardarle rencor.

Eran las doce cuando sonó el teléfono en el gran despacho. El inspector Besson, que había descolgado, dijo:

—Para usted, Maigret. Es el mismo tipo que ya ha llamado tres veces. Siempre a la misma hora.

Maigret cogió el auricular.

—¡Hola! ¿Jules?

Reconoció la voz de Dédé.

—¿Se encuentra usted mejor? ¿Ha vuelto ya al trabajo? Oiga, ¿le apetece almorzar conmigo?

—¿Por qué?

—Cosas mías. Desde el otro día, tengo ganas de llevarlo a almorzar al campo. No tenga miedo. Iré a recogerlo con mi coche. No delante de la comisaría, porque no me gustan esos sitios, sino en la esquina de la calle Fontaine. ¿Le viene bien?

El pobre flautista se iba a llevar un chasco una vez más.

—Díganle que he tenido que salir para un asunto importante y que lo veré esta noche o mañana.

Un cuarto de hora más tarde Maigret subía al Dion-Bouton gris. Dédé estaba solo.

—¿Le apetece algún sitio en particular? ¿Le gusta la fritura de gobios? Primero, haremos una parada en la Porte Maillot para tomar una copa.

Entraron, en efecto, en un bar, y Dédé encargó dos absentas bien cargadas; dejó caer el agua gota a gota sobre el terrón de azúcar, que se desintegró lentamente sobre la cuchara con agujeros.

Estaba alegre, aunque había cierta seriedad en su mirada. Llevaba su traje a cuadros, zapatos amarillos y una corbata de un rojo esplendoroso.

—¿Nos bebemos otra? ¿No? Como usted quiera. Hoy no tengo motivos para emborracharlo.

Tomaron la carretera que corría al lado del Sena, con los pescadores de caña en sus barcas, hasta que llegaron a una pequeña fonda a orillas del agua, con un jardín lleno de cenadores.

—Sírvenos un buen banquete, Gustave. Para empezar, una fritura solo con gobios. —Y Dédé le dijo a Maigret—: Va a echar la red para pescarlos y así freírnoslos vivos. —Y luego al dueño—: ¿Qué nos servirás después?

—Un pollo al vino rosado de Beaujolais.

—Bien por el pollo al vino.

Dédé estaba allí como en su casa. Fue a rondar por la cocina, bajó a la bodega y volvió con una botella de vino blanco del Loira.

—Esto vale más que todos los aperitivos del mundo. Ahora, mientras preparan la fritura, llene su pipa. Podemos charlar.

Se sintió obligado a explicarle:

—Si he querido verle es porque, en el fondo, le aprecio mucho. No está usted aún corrompido como la mayoría de los polis.

Él también amañaba un poco la verdad. Maigret lo sabía. Los tipos de la calaña de Dédé suelen hablar demasiado y a menudo acaban delatándose. Están tan orgullosos de sí mismos que sienten casi siempre la necesidad de hablar de lo que han hecho.

—¿Dónde está Lucile? —preguntó Maigret, que se había imaginado que estaría allí con ellos.

—Puede creérselo o no, pero está muy enferma. Verá, esa chica quería realmente a Bob. Se habría dejado cortar en pedacitos por él. Lo que ocurrió la ha destrozado. Primero, no quería abandonar la calle de Brey con el pretexto de que le recordaba a Bob. Ayer la convencí de que se fuese al campo. La he llevado allí y luego iré a buscarla. Pero ¡basta! Quizás hablemos de eso más tarde.

Encendió un cigarrillo y echó lentamente el humo por la nariz. El vino centelleaba en los vasos, la brisa hacía estremecer el follaje de los cenadores, y se veía al dueño, de pie en su bote, que escrutaba el agua con atención antes de lanzar la red.

—Supongo que habrá sentido la curiosidad de echar una ojeada a mis antecedentes, y habrá podido comprobar que nunca me he implicado en asuntos serios. Chapuzas, eso sí. Me condenaron dos veces durante seis meses, y juré que con aquello bastaba.

Bebía para animarse.

—¿Ha leído el periódico?

Y, como Maigret asintió con la cabeza, continuó:

—Son gente astuta, pero que muy astuta. ¡Si hubiera visto usted a Lucile! Se quedó pálida como el papel. Quería a toda costa ir a verlos y largarlo todo. Conseguí calmarla. Le repetí: «¿De qué serviría?».

»Admita usted que han dejado a Bob como un ser despreciable. Y si yo tuviera delante al tipo de la nariz torcida, Richard se llama, en un lugar donde no hubiese polis, le juro que le rompería la cara de buena gana.

»Ha soltado cincuenta mil francos y se cree a salvo. Pues bien, entre nosotros, y a pesar de que es usted policía, le digo que esto aún no ha terminado. Algún día, tarde o temprano, él y yo nos encontraremos. Hay distintos tipos de canallas. Y no puedo con los de su calaña.

»¿Y usted?

—No me han dejado seguir con la investigación.

—Me pagaron, de modo que lo sé.

—¿Le ordenaron que se callara?

—Me dijeron que, si permanecía callado, harían la vista gorda.

Lo que significaba que se olvidarían de esos pecados sin importancia que había cometido Dédé, se olvidarían del golpe en la cabeza que le había propinado a Maigret y no intentarían averiguar la procedencia de los cuarenta y nueve mil francos encontrados en su cartera.

—Lo que más me ha sorprendido ha sido lo del mayordomo. ¿Usted se lo cree?

—No.

—¡Bien! De otro modo habría usted bajado en mi estima. Ya que alguien tenía que haber disparado, mejor que fuera el criado. ¿Quién es, según usted, el que disparó? Aquí podemos hablar, ¿verdad? Pero recuerde que, si usted intentase utilizar todo lo que le he dicho, yo juraría que no es cierto. Para mí, fue la chica quien disparó.

—Esa es también mi opinión…

—Con la diferencia de que yo tengo muy buenos motivos para creerlo. Y añadiré que, si se cargó a Bob, fue por error. A quien quería disparar era en realidad a su hermano, porque los dos se odian como solo pueden odiarse en esa clase de familias.

»Es una lástima que no haya conocido usted a Bob. Era el tipo más estupendo del mundo, y ¡cómo los fastidiaba a todos!

»Pero no lo hacía con maldad. Bob no tenía una pizca de maldad. Era mucho más que eso. Los despreciaba tanto que le hacían reír. Cuando la chica comenzó a rondarlo…

—¿Cuánto hace de eso?

—Fue en otoño. No sé quién la informó sobre él. Todos sabían que se podía encontrar a Bob, a eso de las cinco y media, después de las carreras, en un bar de la avenida Wagram.

—¿Y ella fue?

—¡Pues claro! Y sin llevar velo, además. Le dijo quién era, que vivía en el castillo de Anseval, que él le interesaba y que la complacería mucho recibirlo en su casa.

—¿Se acostó con ella?

—¡Y tanto! Incluso se la llevó al hotel de la calle Brey que usted conoce. Para ver hasta dónde era ella capaz de llegar, ¿comprende? Era un buen chico. Pero ella no era el tipo de mujer que entrase en un hotel como ese solo para pasar un buen rato.

»Y, con todo, era de una naturaleza parecida al de un muro de hormigón. Él no se escondía de Lucile. Si ella hubiera sentido celos de todas las mujeres con las que él se acostó… Aquí tenemos la fritura. Ya me dirá usted qué le parece.

Dédé seguía hablando mientras comía, y prosiguió así durante toda la comida, al tiempo que daba cuenta de la segunda botella que les habían servido.

—No intente usted comprender. El mismo Bob, que, dicho sea sin ofenderle a usted, era más listo que nosotros dos juntos, necesitó tiempo para entender de qué iba todo aquello. Lo que más le sorprendía eran las ganas que ella tenía de casarse con él.

»Le pidió que se decidiera de una vez por todas. Incluso le dijo que él no tendría que trabajar, que recibiría una cantidad cada mes para sus gastos y demás. Él dejaba que ella siguiese haciendo proyectos. Bob pensaba que ella estaba loca por llamarse condesa de Anseval. Hay gente así. Primero se compran un castillo, y luego quieren llevar el nombre de ese mismo castillo, al tiempo que compran a sus antepasados. Eso es lo que Bob me explicó. —Dédé miró a Maigret a los ojos y satisfecho de sorprenderlo, añadió—: Pues bien, ¡no se trataba de eso!

Estaba comiendo gobios crujientes y miraba de vez en cuando el Sena, por donde pasaban lentamente las chalanas, que empezaban a tocar la bocina a unos cientos de metros de la esclusa.

—No intente adivinarlo. Es imposible. Bob, cuando lo supo, se quedó de piedra. Y, sin embargo, él conocía de memoria la historia de la familia. ¿Sabe usted de quién fue la idea del casamiento? ¡Del viejo!

Se le veía triunfante.

—Admita usted que valía la pena venir a almorzar a Bougival. ¿Ha oído hablar del viejo reseco que quería dejar su casa y sus cuadros para convertirla en un museo? Si quiere usted reírse, escuche el resto. Bob tampoco lo sabía todo. Parece ser que el hombre, que comenzó como buhonero, soñaba con tener nietos de una nobleza auténtica. ¿Quiere usted mi opinión? Para él, era una especie de venganza. Porque parece ser que los Anseval no se portaron como él esperaba. Le vendieron el castillo y las granjas y se retiraron con discreción. Pero ni una sola vez lo invitaron a cenar o incluso a almorzar.

»Entonces, en el testamento, incluyó cláusulas que alborotaron a toda la familia.

»Su hija aún vivía cuando él murió, pero esa gente, cuando se trata de sus millones, tiene una visión de futuro.

»A la muerte de esa hija, las acciones debían dividirse en dos partes: cincuenta y uno por ciento para la señorita y cuarenta y nueve por ciento para el de la nariz torcida. Parece ser que eso era de suma importancia, porque le daba a la señorita la mayoría de los votos, como suelen decir.

»Yo carezco de conocimientos, de modo que dejemos eso. Debía ejecutarse cuando ella cumpliera los veintiún años.

—El mes que viene —dijo Maigret.

—Me tomaré un segundo plato de fritura. Veremos si queda espacio para el pollo al vino. ¿Qué estábamos diciendo? ¡Bien! Solo que había otra cosilla. Si la chica se casaba con un Anseval, entonces recibiría *todas* las acciones, con la obligación de darle a su hermano una pensión equivalente a su parte.

»Eso significaba que él quedaría desvinculado de los cafés, del castillo, etcétera. Los Balthazar y los Gendreau se llamarían ahora Anseval, y sus antepasados se remontarían así a las cruzadas. Bob estaba muy versado en esos chismes, y no puede usted imaginarse cómo se reía con esas cosas.

—¿Aceptó?

—¿Por quién lo toma usted?

—¿Por quién se enteró?

—Por el hermano. Y verá usted de qué forma más tonta puede un hombre dejarse el pellejo. El Gendreau de nariz torcida no es un imbécil. No le apetece, contrariamente a su padre, pasarse la vida en los ambientes de la alta sociedad y corriendo tras de las mujeres de la calle de la Paix. Él también quiere ser el jefe.

—Empiezo a entenderlo.

—No, imposible, pues Bob no lo entendió enseguida. El hermano le pidió que fuese a su despacho. Por lo visto aquello es como una sacristía, con madera tallada en las paredes, muebles góticos, un retrato del viejo que va del suelo al techo y que parece estar burlándose de uno.

»En el fondo, de toda la familia, ese viejo es el único que podría haberme caído bien. Bob decía que era el canalla más malicioso que había conocido. Era una forma de hablar, puesto que el viejo ya estaba muerto. Sigamos…

»Entonces el hermano le expone sus intenciones. Le pregunta a Bob si está decidido a casarse con su hermana. Bob le contesta que nunca ha tenido intención de hacerlo.

»El otro le replica que se equivoca, porque sería un buen negocio para todos.

»¿Y por qué sería un buen negocio? Porque él, Richard Gendreau, le daría dinero al marido de su hermana. Todo el dinero que este quisiera. Con la única condición de que sacase a pasear a la hermana por todas partes, que ella se divirtiese y así perdiese la afición por los negocios.

»¿Se da usted cuenta ahora?

»Bob le dice que no tiene vocación para ese tipo de oficio.

»Entonces, el canalla de la nariz torcida dice que peor para él, y que eso puede costarle caro.

»¡Cuando pienso que usted me habría metido en la cárcel por sacarle cincuenta billetes de los grandes a ese individuo! No le guardo rencor, pues usted no podía saberlo.

Los envolvía un maravilloso aroma de pollo al vino, y Dédé, a pesar de lo que había dicho antes, conservaba un buen apetito.

—Pruebe este beaujolais y admita que hubiera sido una lástima privarme de banquetes como este si me hubiera usted encarcelado y hubiera tenido que alimentarme a base de judías.

»¿Sabe usted qué idea tenía en mente ese cerdo? Ya le he dicho que Bob era un buen tipo, pero no era un santo. A veces, como todo el mundo, se encontraba sin un céntimo. Conocía desde su infancia a un montón de gente de alto copete. Entonces, por diversión, imitaba sus firmas en letras u otros documentos.

»No era con mala intención. La prueba es que la gente no lo denunciaba o todo terminaba arreglándose.

»Pues bien, Jules, ese cerdo había comprado, Dios sabe cómo, toda una colección de papelotes parecidos a este: "Si no se casa usted con mi hermana, lo mando directo a la cárcel. Si cuando se haya casado con ella no hace lo que yo le diga, lo mando directo a la cárcel".

»¡Un tipo despiadado! ¡Aún más despiadado que el viejo!

»Le juro que Bob se arrepentía de haberse liado con la chica y de haberse metido en aquel lío.

»En cuanto a la muchacha, quería casarse enseguida, antes de cumplir los veintiuno. Le mandaba cartas a Bob, telegramas, deseaba verlo contantemente.

»Él a veces acudía a las citas; otras, no. Por lo general, no solía aparecer, y ella iba a buscarlo a la calle Brey, o lo esperaba en la esquina de la avenida, sin preocuparse de que la tomasen por lo que no era.

»Lucile la conocía bien.

—Cuando llevó usted a Bob a la calle Chaptal, la noche del quince…

—Bob había decidido terminar con aquello de vez por todas, cantarle las cuarenta y decirle que él no se vendía ni a ella ni a su hermano.

—¿Le pidió que lo esperase?

—No exactamente, pero yo pensaba que terminaría enseguida. ¿Ala o muslo? Debería usted servirse setas. Las coge el mismo Gustave en la colina y hace conservas.

Maigret se sentía muy a gusto, y el beaujolais, después del vino blanco seco, quizá tenía algo que ver con ese bienestar.

—Se preguntará usted por qué le cuento todo esto.

—No.

—¿Lo sabe usted?

—Sí.

O al menos lo presentía. Dédé tenía un enorme peso en el corazón —la patata, como él habría dicho— y no podía seguir callándose. En aquel lugar no arriesgaba nada, y además tenía la promesa de la policía.

Y, de esto último, no estaba precisamente muy orgulloso. Aquel almuerzo era una manera de descargar su conciencia, también, al mostrar la inmundicia que ocultaba cierta gente, de verse a sí mismo, en suma, bastante limpio.

Durante mucho tiempo después, Maigret recordaría aquel almuerzo en Bougival, y quizás ese recuerdo le evitó manifestar ciertos juicios temerarios.

—De lo que ocurrió allí arriba no sé nada.

Maigret tampoco, pero los hechos ya resultaban más fáciles de reconstruir. Lo que necesitaba saber era si Richard Gendreau tenía motivos para estar en la casa. ¿Quizás aquella noche debía de encontrarse en su club o en cualquier otro sitio?

¿O quizás —y tenía capacidades para ello— fue el propio Bob quien le había pedido que fuese a la habitación de Lise? ¿Por qué no? Con el fin de decirles a los dos lo que opinaba de sus tejemanejes.

«Primero, no me caso».

Maigret, que nunca había visto a Bob, empezaba a hacerse una idea de su carácter e incluso de su físico.

«No pienso vender un apellido que, además, no me importa nada llevar».

Y, aunque en los alrededores de la plaza des Ternes y en los hipódromos algunos lo llamaban «el Conde», la mayoría de sus conocidos estaban convencidos de que era un apodo e ignoraban su verdadero nombre.

¿Sufrió Lise un ataque de nervios o invocó su honor? ¿Se enfadó el hermano?

«En cuanto a usted, cierre la boca. Además, voy a contarle a su hermanita la artimaña que se le ha ocurrido».

¿Tuvo tiempo de contárselo? ¿O el otro se abalanzó inmediatamente sobre Bob?

Esos cientos de miles de personas que tomaban café Balthazar y guardaban en álbumes, como lo hacía la señora Maigret, las pegatinas que representaban todo tipo de flores no podían imaginarse que su café matutino había sido el motivo de una pelea en una habitación de la calle Chaptal.

Una pelea innoble que, sin duda, un criado estaría escuchando con la oreja pegada a la puerta.

Los dos hombres se engancharon y luego tal vez rodaron por el suelo. ¿Richard Gendreau estaría armado? Era ciertamente un tipo capaz de atacar por la espalda.

—Yo creo que fue esa zorra quien disparó. No con mala intención. Seguro que fue presa del pánico. La prueba es que lo primero que hizo, de lo que debió de arrepentirse después, fue abrir la ventana y pedir socorro. A menos que la ventana ya estuviera abierta. La verdad es que no me fijé.

»¿Sabe usted?, me pregunto si no acabó enamorándose de

verdad de Bob. Es algo que uno percibe. Al principio, fue tras él movida por unos intereses, y al final cayó en su propia trampa, pero no por motivos sexuales. Ya le he dicho que es como un témpano. Pero Bob era tan diferente de eso tipos estirados y tiesos con quienes ella acostumbraba a tratar…

»Y creo que, cuando vio que Bob se llevaba la peor parte, o que su hermano intentaba darle golpe fatal, perdió la cabeza y disparó. Por desgracia no sabía disparar y apuntó mal, y fue a Bob a quien alcanzó en pleno vientre. ¿Y si pidiéramos otra botella? Este vinillo no está nada mal. ¡Y eso es todo, Jules!

»Cuando vi al tipo que aporreaba la puerta para que le abriesen, me fui y luego volví, pero ya no había nadie allí. Preferí marcharme.

»Lucile y yo hablamos mucho sobre lo ocurrido. Esperábamos que Bob volviese o que nos dijeran que estaba en un hospital.

»Al final, fui a ver a Richard Gendreau a su oficina. Por eso conozco la cara del viejo.

»¿Acaso debía desaprovechar aquella ocasión?

»Enseguida soltó el dinero, hasta el punto de que lamenté no haber pedido cien en lugar de cincuenta mil.

»¡Hatajo de canallas!

»Usted llegó justo en el momento en nos íbamos. Debe admitir que habría sido poco inteligente por nuestra parte dejar que nos cogiesen.

»¡A su salud, amigo!

»Y finalmente solucionaron el asunto como mejor les convenía. Ya empiezo a acostumbrarme a este tipo de arreglos. Me pongo malo cuando veo en la calle uno de sus coches de punto, con sus caballos lujosamente enjaezados y un cochero uniformado en el pescante.

»¡Jefe, sírvanos el café, pero que no sea Balthazar!

Sin embargo, tuvieron que tomar café Balthazar, porque no había otra marca en el local.

—¡Qué asco! —gruñó Dédé entre dientes—. Menos mal que nos vamos a vivir al campo.

—¿Se va con Lucile?

—No ha dicho que no. Tenemos unos cincuenta mil francos. Siempre he soñado con poner una tasca a orillas del agua, algo parecido a esto, con clientes que al final se convierten en amigos. Será difícil de encontrar, porque deberá estar cerca de un hipódromo. Mañana iré a dar una vuelta por los alrededores de Maison-Laffite. Allí es donde he dejado a Lucile. —Pareció un poco avergonzado, y se apresuró a añadir—: ¡No vaya usted a creer ahora que nos hemos vuelto unos virtuosos!


Aquello duró una semana. Cada mañana, sonaba el timbre que avisaba a Maigret que debía ir al despacho del comisario, a quien presentaba los informes diarios. Cada mañana, Le Bret parecía querer decirle algo, pero acababa mirando a otra parte.

No se dirigían la palabra más allá de las cuestiones de trabajo. Maigret estaba más serio que antes, como más pesado, aunque por aquella época todavía no había engordado. No se molestaba en sonreír al comisario, y se daba cuenta de que para Le Bret su presencia era como un reproche constante.

—Dígame, muchacho…

Estaban a principios de mayo.

—¿Cuándo se examina?

Se refería al famoso curso que estudiaba precisamente la noche en la que el flautista hizo irrupción en su despacho y su vida.

—La semana que viene.

—¿Cree usted que lo aprobará?

—Creo que sí.

Maigret permanecía frío, casi seco.

—Guichard me ha dicho que desea usted entrar en el Quai des Orfèvres.

—Era cierto.

—¿Y ya no lo es?

—No lo sé.

—Me parece que se encontraría usted allí en su ambiente y, aunque aquí me es usted muy útil, creo que intervendré en ese sentido.

Maigret, con un nudo en la garganta, no dijo palabra. Estaba enfurruñado. En el fondo, seguía guardándoles rencor a todos: a su comisario, a los Gendreau, a la gente de la Dirección General de Seguridad y quizá incluso a Guichard, en quien había depositado algo de la veneración que sentía por su padre.

Sin embargo, si Guichard…

Pero, por desgracia, ellos tenían razón, y Maigret se daba cuenta de ello confusamente. Un escándalo no habría servido de nada. De todas maneras, Lise Gendreau habría sido absuelta.

¿Entonces?

¿No era acaso a la vida a quien guardaba rencor y tal vez era él quien se empeñaba en no comprenderla?

Se negaba a que lo comprasen. Se negaba a estar en deuda con el comisario Le Bret.

—Esperaré mi turno —consiguió murmurar por fin.

Al día siguiente lo llamaron del Quai.

—¿Aún sigue enfadado, muchacho? —le preguntó el gran jefe, poniéndole la mano en el hombro.

—Fue Lise Gendreau quien mató a Bob.

—Probablemente.

—¿Lo sabía usted?

—Me lo imaginaba. Si hubiera sido su hermano, Louis no se habría sacrificado por él.

Las ventanas estaban abiertas sobre el Sena. Los remolcadores arrastraban una ristra de chalanas, hacían sonar sus sirenas antes de pasar bajo el puente y bajaban su chimenea. Tranvías, autobuses, coches de punto pasaban sin cesar por el puente Saint-Michel, y las aceras se veían animadas por las mujeres con vestidos claros.

—Siéntese, amigo mío.

La lección que recibió aquel día, en un tono paternal, no figuraba en los manuales de la policía científica.

—¿Lo entiende usted? Hacer el menor daño posible. ¿De qué habría servido?

—Para que se supiese la verdad.

—¿Qué verdad?

Y el gran jefe concluyó:

—Puede volver a encender su pipa. El lunes entrará como inspector en la brigada del comisario Barodet.

Maigret no sabía aún que un día, veintidós años más tarde, volvería a encontrarse con Lise, que llevaría entonces otro apellido, un apellido aristocrático italiano, el de su marido, ni que lo recibiría en el despacho, que no había cambiado, de los cafés Balthazar —que solo conocía por referencias de un tal Dédé—, donde por fin vería el retrato del viejo, siempre en su sitio.

—Señor comisario…

El comisario era él.

—No creo que sea necesario pedirle discreción…

La Dirección General de Seguridad ya no se llamaba así, sino policía judicial.

Y se trataría de lo que en lenguaje administrativo se llamaba «Investigación en favor de las familias».

—Mi hija tiene, por desgracia, el carácter de su padre…

En cuanto a ella, se mostraba tranquila y fría, como el viejo Balthazar, cuyo retrato de cuerpo entero se veía detrás de su sillón.

—La ha seducido un individuo sin escrúpulos, quien se la ha llevado a Inglaterra, donde ha conseguido una licencia matrimonial. Es preciso que de *ninguna manera*…

No, aún no sabía que, una vez más, el honor de los Balthazar dependería de él.

Tenía veintiséis años y estaba impaciente por ir a su casa y darle la noticia a su mujer.

—Entro en la brigada del jefe.

Pero no lo hizo enseguida. Justin Minard lo esperaba en la calle.

—¿Malas noticias?

—Buenas noticias. Me ascienden.

El flautista se mostró aún más emocionado que él.

—Entonces ¿deja la comisaría?

—Desde mañana mismo.

—¿Lo celebramos?

Y lo celebraron en la cervecería Dauphine, que estaba a dos pasos del Quai des Orfèvres. Algunos inspectores de la comisaría estaban tomando una copa, ignorando a los dos hombres que saboreaban un vino espumoso y que parecían radiantes.

En cuanto transcurriesen algunos días, aquellos inspectores conocerían por lo menos a uno de los dos. Maigret sería su igual. Entraría en la cervecería como en su casa, el camarero lo llamaría por su nombre y sabría de antemano qué tenía que servirle.

Aquella noche, cuando volvió a su casa, estaba borracho. Diez veces el flautista y él se habían agarrado el uno al otro mientras caminaban.

—Tu mujer… —dijo Maigret.

—Eso no tiene importancia.

—¿No deberías estar en el salón de baile?

—¿Qué salón de baile?

Hizo ruido en la escalera. Cuando se abrió la puerta de su piso, anunció en un tono grave:

—Saluda al nuevo inspector de la brigada del jefe.

—¿Y tu sombrero?

Maigret, pasándose la mano por la cabeza, se dio cuenta de que se había dejado el sombrero en alguna parte.

—¡Cómo sois las mujeres! Y fíjate, fíjate bien, porque es muy importante… muy importante, ¿entiendes…? No es culpa del comisario… Tenían los ojos puestos en mí y yo no lo sabía… ¿Sabes quién me lo ha dicho…? El gran jefe… Me ha dicho… No puedo repetirte todo lo que me ha dicho, pero es como un padre… Es como un padre, ¿entiendes?

Entonces, la señora Maigret le llevó las zapatillas y le preparó un café bien cargado.

*Comprendre et ne pas juger*

*Luc Librenon*

« *Certes, ils préfèrent que je ne voie pas certaines choses.*
*Mais ce qu'il ne faut surtout pas, c'est que je leur en raconte d'autres* ».

« — *Vous direz tout?*
— *Et vous?*
— *J'essaierai. Si je n'y parviens pas, je m'en voudrais toute ma vie* ».

«*Sin duda, prefieren que yo no vea ciertas cosas.*
*Pero lo que no debe ocurrir, sobre todo, es que les cuente otras*».

«—*¿Usted lo dirá todo?*
—*¿Y usted?*
—*Trataré. Si no lo consigo, me lo reprocharé toda la vida*».

PEUPLES QUI ONT FAIM, 1934